U0527497

拾光之年

2023
中国年度诗歌

《诗探索》编辑委员会 ■ 选编

林莽 | 陈亮 ■ 主编

**SHI
GUANG
ZHI
NIAN**

漓江出版社
·桂林·

编者的话

什么是艺术？克莱夫·贝尔说：艺术是有意味的形式。这里强调了"意味"和"形式"这两个词。现代新诗作为语言的艺术，与内容的音乐性相关的分行和分节，是它表层的外在形式，而内在的"意味"是它的魂。

诗歌作品不强调要说出道理或哲思，而是要完成感受与情绪的传达与呈现。中国汉语词汇中，"意味"在语意中有着含蓄、情调和趣味的含义。那么一首优秀的诗歌，它最终是通过形式和语言呈现出含蓄、有意蕴的情调与趣味，从而唤醒读者内心相同的生命经验与文化经验，而获得审美的快感。

一首优秀的外在形式与内在构成相辅相成的诗歌作品的完成，对写作者的天分和文化素养提出了极高的要求。即使对于一位优秀的诗歌写作者，一首好作品的获得，依旧是偶然天成的，是可遇而不可求的。

因此，我们的年选不是一本绝对好作品的集合，它只是体现了这一年中，中国新诗的基本状态，为研究者和读者提供一些可供参照的文本。

是的，按照我们编者的审美要求，这本年选中真正的好作品还是少而又少的，所有的入选作品，相对而言都是有一定水准和一定的代表性的诗歌作品。

近几年我们的新诗在发生着悄然的转变，在去年的"编者的话"中我们曾说："就诗歌自身的艺术观念、审美意味以及写作方式等也都在不断地演变着。它从社会化的、简单的群体思维，转向对个人的、内在情感的深入表达；从对时尚的、流行的、表层化的诗歌的追逐，转向对细微生命体验和生活现实发现的诗意抒发；从依赖运动式、群体的、宣言的、流派的社会方式，转向关注现代与传统的融合，和对语言艺术本质的追求。……在诗歌的认知与写作中，很多诗人在努力探寻语言艺术的真谛，在他们的诗歌中，写作是脚踏实地的，生命的感受是明澈的，亲情是在真实的细节中呈现的，爱是调动了内心真切体验的，回忆是具有体温的，想象是与现实相衔接的，景物是可以亲近和触摸的，哲理是和现实生活中人们的思考和体验紧密相连的。"

以上这些是我们看到的，是诗歌写作向好的方向与状态，但依旧存在许多的问题。那些不进入诗歌写作基本状态的、那些急功近利为唬人搞外在形式的混迹诗坛的人，我们在此就不加论说了。在认真写作者的群体中，许多的作品还存在着浅显直白或个人化、只囿于对局部现实生活的描摹与书写、缺少语言艺术的升华与魅力、内涵过于简单、情感的外延与透彻不足、是平面的不能与现代文化意识相连接等问题。当然还有许多作品因为作者文化准备不足，无法更好地完成。

克服这些问题是没有捷径的，只有保持一定量的对当下诗歌作品的阅读，保持诗歌写作的在场感，保持对其他文化领域的不断关注与学习，开阔文化的视野，在诗歌的创作上才会有所进展。

后印象派画家高更在谈艺术时说，感觉包含着一切，不要临摹自然，艺术是抽象的。他还说，在绘画作品中要体现出你心中的旋律感。高更强调艺术创作中依赖的是人的感觉，不是简单摹临，而是将感觉综合起来，并画出生命内在的音乐性。[①]诗歌也同样是这样的，我们的诗人们在写作中要保有中国旧体诗歌的文化性，也要体现一个生活在现代社会中的人的丰富的精神性，我们相信，只有这样，我们的诗歌创作才会有新的突破与发展。

这些是在编辑这本年选时所想到的，记在这里与大家共同思考与探讨。

林 莽

2023 年 10 月

---

① 参考高更：《高更艺术书简》，张恒、林瑜译，金城出版社，2011。

目 录
contents

001 / 慢　者　　　　　　阿　门
002 / 山　雀　　　　　　阿　华
003 / 星空下的马匹　　　阿　信
004 / 晨　雾　　　　　　阿　信
004 / 斑鸠咕咕　　　　　阿　董
005 / 我真的明明看见　　阿　民
006 / 有的事情比想象中慢　艾　蔻
007 / 蜡　烛　　　　　　安乔子
007 / 夏日的傍晚　　　　安乔子
008 / 我没有说过爱你　　白　羽
010 / 我的愉快在羊圈里　白庆国
011 / 梭梭马　　　　　　北　野
012 / 今夜，我坐在天空下　北　野
013 / 元旦时间　　　　　笨　水
014 / 与父亲下棋　　　　薄　暮
016 / 遥远的大麦地　　　薄　暮
017 / 地　铁　　　　　　陈　亮
018 / 大月亮　　　　　　陈　亮
019 / 镜　语　　　　　　陈　墨
020 / 冬日偶作　　　　　陈德根

021 / 与父亲拉煤　　　　　　敕勒川

023 / 苍耳记　　　　　　查　干

023 / 碎　片　　　　　　城　西

024 / 西坡少年　　　　　　曹　东

025 / 蚂　蚁　　　　　　曹　兵

026 / 雪夜时带我回家　　　　　　曹麓流

027 / 给你的第一百首诗　　　　　　程小蓓

028 / 秋　分　　　　　　窗　户

029 / 桑之落矣　　　　　　川　美

030 / 明　天　　　　　　大　解

031 / 你没了，我才敢放声大哭　　　　　　大连点点

032 / 脸　谱　　　　　　灯　灯

033 / 故乡的傍晚　　　　　　呆　呆

034 / 夏　夏　　　　　　呆　呆

034 / 早　晨　　　　　　代　薇

035 / 失去便是归还　　　　　　代　薇

036 / 有　光　　　　　　杜　涯

037 / 紫藤花下　　　　　　段若兮

038 / 最旧的音质，要慢慢地喊出来　　　　　　二　缘

038 / 惘然录　　　　　　方石英

039 / 我发誓　　　　　　方闲海

041 / 三个以后的我　　　　　　非　亚

042 / 松　开　　　　　　风　荷

043 / 枕木边的青草　　　　　　冯　冯

044 / 尖　叫　　　　　　冯　娜

045 / 樱　桃　　　　　冯立民

046 / 石　头　　　　　冯果果

047 / 夜行记　　　　　甫跃成

048 / 污　渍　　　　　甫跃成

048 / 下雨天　　　　　干海兵

050 / 温暖的事物　　　高　坚

050 / 鹰　架　　　　　高若虹

052 / 往事：时间　　　高短短

053 / 大海之秤（一）　高鹏程

053 / 薜荔之诗　　　　高鹏程

054 / 小　镇　　　　　耿占春

056 / 灰　瓦　　　　　龚学明

057 / 归去来辞　　　　管清志

058 / 我写下的事物　　汗　漫

059 / 人间这么美　　　贺　兰

060 / 羊井子　　　　　胡　杨

060 / 倒回去的路　　　胡　澄

061 / 夏　夜　　　　　胡文彬

062 / 愿　望　　　　　胡正刚

063 / 兼致春风沉醉的晚上　胡茗茗

065 / 灰　烬　　　　　侯存丰

066 / 存在之杯　　　　海　城

066 / 露天电影　　　　黑　枣

068 / 月　亮　　　　　黄　浩

068 / 落　日　　　　　黄　浩

069 / 我们总得爱着点什么　　黄海清

070 / 春天的合唱　　黄海清

071 / 给雷平阳发去一张昭通老地图　　霍俊明

073 / 一场雨　　鸿　莉

074 / 我经历的每个瞬间　　韩文戈

074 / 万物生　　韩文戈

075 / 小　暖　　韩宗宝

077 / 大故乡　　横行胭脂

078 / 小　姨　　吉　尔

079 / 白桦林　　吉　尔

080 / 万物更迭　　纪开芹

080 / 我的栗色马和狮子　　江　非

082 / 32 号　　江一苇

083 / 第一枪　　姜念光

084 / 坐在父亲的庭院　　剑　男

084 / 废旧的铁轨　　剑　男

085 / 玉米记　　焦　典

087 / 茅　针　　敬丹樱

088 / 水　獭　　津　渡

089 / 阿依莎　　冀　北

090 / 山口的落日是一辆末班车　　冀　北

090 / 黑夜如此动听　　柯健君

091 / 何为故土　　康　雪

092 / 放　羊　　康承佳

093 / 鸭　群　　康承佳

094 / 那些白色　　　　　　龙　少
095 / 在天山看见西湖的荷花　卢　山
096 / 游　荡　　　　　　　吕　达
097 / 穿过岁月的颈部　　　老　井
098 / 车过野马渡　　　　　老　铁
099 / 循环归来的腿　　　　刘　川
100 / 聋　子　　　　　　　刘　川
101 / 谁也没有说出一句话　刘　莉
102 / 在遗忘的陷阱里　　　刘立云
104 / 今　夜　　　　　　　李　庄
104 / 初　见　　　　　　　李　庄
105 / 青　春　　　　　　　李　南
106 / 谈起幸福　　　　　　李　南
107 / 公交车驶过劲松中街　李　唐
108 / 野花谷　　　　　　　李　琦
110 / 赵一曼　　　　　　　李　琦
113 / 山　中　　　　　　　李　鑫
114 / 这样的生活由来已久　李　点
115 / 这个冬天不太冷　　　李小洛
116 / 拾光之年　　　　　　李元胜
117 / 题杏花村　　　　　　李永才
118 / 年轻的水　　　　　　李会鑫
118 / 满天星斗　　　　　　李麦花
119 / 月亮下的老扇车　　　李玫瑰

120 / 水中落日　　　　李木马

121 / 白　发　　　　　冷盈袖

122 / 天地如此广阔　　林莽

123 / 诗歌就是生活　　林莽

124 / 奇妙的春天　　　林莉

125 / 南　昌　　　　　林珊

127 / 我想回到梦里去　林珊

128 / 父　子　　　　　林水文

129 / 父亲在旷野里唤我　林省吾

130 / 那时候　　　　　罗爱玉

130 / 颤　音　　　　　陆辉艳

131 / 回想，及其美好　柳苏

132 / 必然的夜晚　　　柳沄

134 / 在因特拉肯放出心中的鹤　倮倮

135 / 鹿鸣湖　　　　　倮倮

137 / 孤独的猫　　　　梁小兰

138 / 裸　野　　　　　梁积林

139 / 祁连山中：黄昏　梁积林

140 / 野菊花　　　　　离开

141 / 更年期　　　　　离离

141 / 风筝飞走了　　　蓝野

142 / 泰山上空　　　　路也

143 / 观　鸟　　　　　路也

144 / 勘探小站　　　　马行

145 / 换　灯　　　　马　嘶

146 / 春　雨　　　　马　兰

147 / 面壁大海　　　马　兴

148 / 良　夜　　　　马占祥

149 / 安静的照片　　码头水鬼

149 / 古县衙的桂花树　莫卧儿

151 / 在痛苦中获得完整　梅依然

152 / 寂　静　　　　慕　白

153 / 黄河与白鹭　　墨　菊

154 / 听　雨　　　　牛庆国

155 / 苜蓿帖　　　　牛庆国

156 / 栗　树　　　　那　勺

157 / 今日一别　　　娜　夜

158 / 时光如织锦　　娜仁琪琪格

159 / 退休以后　　　帕瓦龙

160 / 活着与失重　　庞　洁

161 / 春　夜　　　　庞　培

162 / 野海滩　　　　任　白

163 / 光　线　　　　荣　荣

164 / 南浦溪　　　　田　禾

166 / 伤　春　　　　唐　果

166 / 年轻的雪　　　铁　骨

167 / 葬礼上的女生们　三　泉

168 / 风　暴　　　　石英杰

169 / 当年在明永　　石蕉·扎史农布

169 / 参　观　　孙方杰

171 / 好了歌　　孙晓杰

172 / 一棵树　　孙殿英

173 / 禁　忌　　宋　琳

174 / 回　乡　　宋晓杰

175 / 高歌的人拎着嗓子　　沈浩波

176 / 秋天放羊，冬天牧雪　　苏　黎

177 / 绿皮火车　　苏历铭

178 / 熄　灯　　苏历铭

180 / 妙不可言的时刻　　邵纯生

181 / 红围巾　　桑　地

182 / 春　夜　　桑　地

183 / 没有潮汐的辽河　　商　震

184 / 经　验　　王　妃

185 / 阳光下的母亲　　王　晓

186 / 别　后　　王　晖

187 / 兔子的小鞋子　　王　晖

188 / 请原谅　　王计兵

189 / 七月初二：暑中忆　　王志国

190 / 萤火虫集市　　王彤乐

191 / 在这个孤寂的夜晚　　王更登加

192 / 槐树本纪　　吴少东

193 / 通讯录　　吴少东

194 / 只有最古老的陶罐才有如此安静的心　　吴玉垒

195 / 坛　子　　巫　昂

196 / 一只鸟在夜空叫了两声　　苇青青

197 / 致一只衰老的雨燕　　武兆强

198 / 雨　后　　小　引

199 / 年轻的画家　　小　西

200 / 黄公望　　小　西

201 / 问候生活　　小城雪儿

201 / 我将回忆　　西　川

202 / 慢　板　　秀　水

203 / 梦　境　　秀　水

204 / 纸　角　　肖瑞淳

205 / 伟大的日子　　徐　晓

206 / 忏悔录　　徐　源

207 / 半把剪刀　　谢新政

208 / 西卡子村　　薛　菲

209 / 花事了　　熊　曼

209 / 阶段性的　　熊　曼

210 / 镜中的人　　熊　焱

211 / 陶　器　　尤克利

212 / 我的小学　　玉　珍

213 / 内部的风　　玉　珍

214 / 翻花绳　　叶燕兰

215 / 脑海中的葬礼　　叶燕兰

216 / 池　塘　　衣米一

217 / 贾科梅蒂	衣米一
218 / 豹子头林冲	闫海育
219 / 少年忆	阳飚
220 / 人生旅程	岳西
220 / 松针在落	杨隐
221 / 夜读书	杨不寒
222 / 诗歌一样大的故乡	杨玉林
224 / 劈柴	杨泽西
225 / 芦花	杨柒柒
226 / 观山	杨思兴
226 / 过老县城	杨晓芸
228 / 贺兰山手印岩画	杨森君
230 / 哎哟妈妈	杨碧薇
230 / 立春	杨碧薇
231 / 我想给你我生命的旖旎	余秀华
232 / 我不知道如何爱你	余秀华
234 / 画猫的人	余洁玉
235 / 山坳人家的橘酒	鱼小玄
236 / 水乡的晨早	鱼小玄
237 / 双山岛	育邦
237 / 月亮升起来了	殷红
238 / 苦恶鸟	袁磊
239 / 九十六岁的祖母	榆木
240 / 故乡的火塘	子空
240 / 给你	左右

241 / 只要我们还有母亲　　　邹黎明
242 / 黑帐篷　　　扎西才让
243 / 母亲在梦中一直爱我　　　臧海英
244 / 德彪西：《月光》　　　庄晓明
246 / 梦境片段　　　朱山坡
247 / 东葛路偶遇　　　朱山坡
247 / 臭椿树下的女人　　　朱庆和
249 / 居　所　　　周　鱼
250 / 邻　人　　　周　簌
251 / 你没有看见过一颗野樱桃的悲伤　　　周小霞
251 / 在梵净山　　　周小霞
252 / 银簪子　　　张　侗
253 / 雨中塔尔寺　　　张　烨
254 / 卡祖笛　　　张　随
255 / 描述一场暴雨　　　张　毅
256 / 一座老城　　　张　毅
257 / 独坐书　　　张二棍
258 / 僻　壤　　　张二棍
259 / 见　君　　　张常美
260 / 料峭之夜　　　张小末
261 / 多像我　　　张光杰
262 / 我　爱　　　张光杰
263 / 桐　花　　　张永伟
264 / 外祖母百岁　　　张巧慧
265 / 手机里的菩萨　　　张执浩

265 / 秋日登两髻山　　张进步

266 / 花　冠　　张作梗

268 / 仅仅是记忆　　张敏华

268 / 风在吹　　张新泉

269 / 撕　　张新泉

270 / 钟楼广场　　赵　琳

271 / 夜晚的河边　　赵亚东

272 / 梦中的马　　赵亚东

273 / 割苇子　　赵雪松

274 / 夜空的伤疤　　赵家鹏

274 / 一块石头，一匹马　　郑　春

275 / 给表兄　　郑小琼

276 / 江　畔　　郑小琼

277 / 孕　　郑德宏

278 / 羊的死亡　　震　杳

279 / 云的瓷器　　震　杳

慢　者
阿　门

一枚硬币长成纸币,过去很慢
现在快了,但也不值钱了;方言
长成了普通话;一大片老房子
的记忆,更被"旧貌换新颜"

近处的一座跃龙禅寺
在闹市区安静下来。人到半百
我也该安静下来:对黑白世界
观棋不语,对财和色
不再称兄道妹

疾步声,被旧时光收回
晨服药,提醒我缓慢中
必须找到散步的节奏
找到,讨好余生的方法
找到,大隐隐于市的妙趣

后半生,要缓慢,不要停滞
不要像我父亲,第一次出远门
就到了天堂

（原载《当代·诗歌》试刊号第 1 期）

山 雀

阿 华

……落叶，覆盖着小小的果实

我们辨认着，哪颗来自栎树
哪颗是橡果
还有哪些来自三角枫，或是复叶槭

苍耳的果实最好辨认，它有带钩的
细刺，也有温暖的爱意

至于紫薇，它的果实会在成熟后开裂
然后种子长出翅膀
飞过群山，大海一样荡漾

魏峰山中，树冠筛洗着天空
虫鸣催眠着薰衣草

一只不知名的山雀，身着彩羽
踱着步子
像故人一样，徘徊在我们身边

（原载《飞天》2023年第2期）

星空下的马匹

阿 信

星空俯下来行碰额礼，马的额头
发出幽微的光。

今夜的阿尼玛卿，一个不好的消息是
欧拉秀玛的图布旦老人归西了。

他的马，挣脱束缚，逃离帐圈，
在西科河畔的湿地上，
漫无目的地游荡了一夜。

好消息是：这匹马，在黎明时分
自己回来了——
浑身精湿，布满泥渍，额头发亮。

没人注意到这些变化——它已混迹于
畜圈的马群之中。

人们知道的是：欧拉秀玛的图布旦老人死了，
它成了一匹没有主人的马。

但没人知道它在星空下度过的一夜。
没人知道，在那里，曾发生过什么。

（原载《诗刊》2023 年第 1 期）

晨　雾
　　阿　信

天空正在形成，距离被一群灰鸽穿过
只是时间问题。地平线那里
不断有新东西被制造出来，石头在晨雾中塑形。

水确实很凉。她在溪边破冰、舀水，睫毛
带霜——我想走过去，俯身安慰她，并帮她
把满满一桶冰水提回林子边的小屋中去。

（原载"无限事"微信公号2023年3月23日）

斑鸠咕咕
　　阿　董

"咕咕——咕，咕咕——咕"
是斑鸠，在五线谱上独奏

像一个人，设法按住内心那根颤动的弦
声音来自线体，而出场顺序是多么重要啊
巨大的空旷，被穿针引线般找出来

"单声叫雨，双声叫晴"，错落有致的叠音里
风调正了音律，雨更稠地弹奏出来
一只斑鸠闯进来，领走先前的那一只

而我们，将什么也带不走

"咕咕——咕，咕咕——咕"
弦又绷紧一些，墓碑又矮下去一截

（原载《草堂》2023 年第 3 期）

我真的明明看见

阿　民

"砰"的一声，是一个人
在我的视野以内
甚至听到头撞地的声音

人群突然就散开了
仿佛谁踩到了一颗地雷

我怀疑这是在拍电影
俯拍出来的效果
是那么地震撼——
大大的人圈里孤零零地躺着一个人
身体抽搐而扭曲
用血画出一个大大的问号

我怀疑这是在梦中

救护车的声音若隐若现

却一直没有来到这里

（原载"雄安文学"微信公号 2023 年 10 月 18 日）

有的事情比想象中慢
艾 蔻

刚想好的句子转眼忘记

上午擦的玻璃下午又脏了

昨天新搭的鸟窝

今天散架了

去年才说好的相爱啊

有时我猜测，快速消失

也具备某种美德

就像昙花

于是我趴在阳台上

低着头，聆听秒针嘶吼

我以为绽放

真的只有一瞬间

实际上，我等了很久

（原载《草堂》2023 年第 6 期）

蜡　烛
安乔子

停电的晚上，总是这些蜡烛

一根根地点亮每间教室

我也会在宿舍点燃它

燃烧时，它像一个默默为我流泪的人

是的，人们苛求的是光

却很少看到它暗处的泪水

那红色的泪水和滚烫的伤口

风吹一下，它晃动一下

但它怎么也不会熄灭

光里饱含一股柔软的力量

那是能穿透黑夜的光

开始时蜡油少，它在木桌上站得不稳

等灯芯燃尽后，蜡油凝固成一层坚硬的蜡

它牢牢地把自己摁在那里

用尽全部的力气

（原载《人民文学》2023 年第 6 期）

夏日的傍晚
安乔子

大风吹着路边的草

草们在嗖嗖的凉风中伏地

天空如同一面镜子

美好的事物都在镜中，那么深

天要下雨了，我要去找母亲

我在天空的镜子里看见了她

她正弯腰在菜地里种菜

绿油油的菜地里有她那件花衣服

像一只花蝴蝶

很轻地

泊在菜丛中

暮色深了，几只鸟从头上飞过

几粒清凉的雨落在我头上

在我的喊声中

天空有星光开始闪烁

（原载《草堂》2023 年第 5 期）

我没有说过爱你

白　羽

在过去的四十年里，
我们养过两条狗、一匹马、两头驴子，
还有几十只羊、一群又一群鸡雏。
我们在山上开垦农田，
截流春天的洪水。

我们在山坡上栽下桃树，

夕阳里尽是芳菲。

在过去的四十年里，

我们栽种香水梨树、李子树、苹果树，

还有枣树和杏树。

整个仲夏，窗台上都弥散杏子味。

那时候我们年轻，

孩子们也都还小，

门前的花园里种满了大丽花和天竺葵。

在过去的四十年里，

我们种下所有可能的食粮，

谷子、糜子、小麦、大麦、玉米，

一片片青色的苗儿葳蕤。

当然还有满坑满谷的土豆，

夜晚来临的时候，

灶台上弥漫着煨烤白薯的气味。

在过去的四十年里，

我们砍伐树木，备置木料，

建造房屋、蓄水池、谷仓和马厩。

我们还挖了一口井。

甚至拉来了电线，

从此屋子里有了光，

双卡录音机磁带里唱出了歌声。

在过去的四十年里，

我无数次梦见河流，

我忘记了太多的事，

也说起很多个梦。

我想到了所有的一切，

当然，你也知道一切。

但是，我没有说过爱你。

（原载《北京文学》2023 年第 2 期）

我的愉快在羊圈里
白庆国

每割下一把青草

我都会想到羊吃草的样子

美丽的下午时光

我把满满一筐青草

倒在料槽

那些羊急遽地围拢在一起

愉快地吃起来

因为没有拥挤

也没有争抢

它们都很愉快

哦，原来愉快是这样形成的

我看着它们吃草，咀嚼的声音此起彼伏

愉快感持续增加

一个下午的安静时光

我的愉快在羊圈里

（原载《人民文学》2023 年第 8 期）

梭梭马

北　野

那些马是唤不醒的，它们用骨架

证明了奔跑是一堆灰

它们用幻觉的姿势在睡觉。它们

用思想的光在飞

夜晚蒙了一层黑布，森林蒙了

一层霜雪。天狼星在草原边缘滚落

它发出的响声是深夜的闷雷

枯草已被烧焦，浮云汇集了短暂的阴影

风声穿过鞍槽，把它的四蹄

磨成了黝黑的翅膀

它想到的飞翔，是兀鹰对大地的梭巡

它发出的嘶鸣，是枯干的河流

突然站上悬崖的涛声

它在西拉木伦河边找到的女人

是一个部落衰败的母亲

这个在星空下，扶着马鞍哭诉的老妇人

转眼就变成了一朵乌云

（原载《山东文学》2023 年第 1 期）

今夜，我坐在天空下

北　野

今夜，我离星辰最近，今夜

塞堪达巴罕草原，给了我一片山岗

它是大地的一座毡房

我看见消逝的马群，牧人，白云

和长歌里流泪的牛羊

它们黑漆漆的，隐匿在我身边

它们低头走路，幽寂的

剪影，贴在深暗的天空上

它们走动的脚步，让我无法忍受

它们会从此变成星空里的

石头吗？我遇到一片阴影，他们

是一个族群里走失的人

他们像沉睡的石阵

背影闪着光，如同激射的雨线

我遇见更多的人，埋伏在星空后面

像躁动不安的野马群一样

他们行走的声音，穿过天空的鼓面

大地深处传来阵阵轰响

此时，我心中充满隐痛，我绝望

又忧伤，在寂寥的天空下

我不知道自己，今夜将归于何方？

（原载《江南诗》2023 年第 3 期）

元旦时间

笨　水

妻子去书房加班

我入厨房，炖骨头汤

妻子加班认错

不是真错了，而是被迫

把别人的错，认作自己的错

我在厨房，给骨头化冻

一刀一刀改成小块

隔着墙壁

我们俩，一个在跟骨头较劲

一个分身出一个自己，在跟自己争辩

我用两个小时将骨头炖成浓汤

她用同样的时间

劝服自己

在陷阱里，接过别人落下的石头

垫在自己脚下

我的汤好了

妻子也将自己变成了错误的人

这是从未经历的一天

我们依然赞美

碗底沉淀的骨头，汤面漂浮的葱花

承认人心仍是问题

也坚信

万物陈旧，时间崭新

（原载《当代·诗歌》试刊号第 1 期）

与父亲下棋

薄　暮

除夕下午。父亲在檐廊那头

抽烟

我在另一头

摆弄手指和哑火炮仗

因为一场变故，大门外

脚步声只路过白色春联

天井是一口井，父亲和我

两只冬眠的青蛙

他突然说：我们下棋吧
我愕然，惶然，木然
格子窗下，一张小方桌
第一次，也是唯一一次
与父亲抵首而坐
整个王塆好像只有我们两个人
那年他三十七岁，我十三岁
同一属相，楚河汉界

天色暗了，父亲起身走下石阶
两步，停住
一直望着天空
抽烟
看不见他的脸
头顶上，青白烟雾
一层层，向四周缓缓消散

至今不知道
一生务农的父亲
在逼仄的天井中看见了什么
只知道，那天
整个王塆，只有他一个人

（原载《星星》2023年1月上旬刊）

遥远的大麦地

薄　暮

亲爱的人们，经过大麦地
有的步行，低处，麦芒时
不时遮住向前的眼神
有的骑着自行车
上坡，双腿像第三个轮子
挂在横梁
他要摁响铃铛，才能让大麦向后
靠一靠
一只绿头鸭和一只白鹅
将地头小睡的羽毛
扇到他们身上，粘在帽檐
仿佛灰蓝天空的一个椭圆小孔
夕阳满心欢喜
钻进来。一枚赤金的叶子
在无边的大麦地上
跳动。漫长的告别
刚刚开始。高处，大片洋姜花
油漆斑驳的杉木门前
一个老妇人与另一个，一再
将分开的手，又搓在一起
反复修补容易破碎的时间
这一切，正在溢出我的双眼
亲爱的人们，三三两两

消失在大麦渐熟时

那芬芳而广袤的幽暗

（原载《诗刊》2023 年第 7 期）

地　铁

陈　亮

天还黑着，我们背着背包戴上口罩

各自找到那个熟悉的洞口

乘电梯下潜，安检，排队候车

然后相互推搡着进入车厢

有人一落座便戴上眼罩、耳塞

暂时进入另外的世界

车厢内很挤，有人的脸在车窗上

被挤成猴子，发出吱吱的响声

很多人在看手机，表情无波

更多的人站着，跟随地铁摇摇晃晃

仿佛风中无声起伏的麦子

等待远处的收割机朝这里走来

我们拒绝成为那些被收割的麦子

我们从小便天赋异禀

有着别人所羡慕的翅膀

可以轻易飞到这座最大的城

而在这里，翅膀并不稀罕

那么多人正在集市上批发着翅膀

到站，我们从地底爬出来

天已经大亮，眼睛还不适应

手机绅士般导好了方向

带领我们开始走向那个要去的地方

（原载《朔方》2023 年第 9 期）

大月亮

陈　亮

那天我喝了点酒，心情很糟糕

仿佛谁欠了我很多什么

又不知道是谁欠了我什么

也不知道谁是谁，就气呼呼地

闷闷地背着手，勾着头

走在两旁停满车辆的大街上

当我抬起头来，猛然看见一轮

巨大的月亮从高楼间升起来

我从来没见过这么大的月亮

它的巨大几乎吓到我了,让我以为
它是那些巨无霸的高楼结出的果实

不,肯定是它孵化出了那些高楼
我呆呆地望着它
它从矮的楼慢慢爬到高的楼
又升到了天空的中心
孵化出了整个世界

直到远处的影子蜷缩到
我的脚下,像一只受伤的小狗
它嗷呜嗷呜低吟着
说不清楚自己受的是什么伤

(原载《朔方》2023 年第 9 期)

镜 语

陈 墨

一开始就住进玻璃的内心,
一开始就住进透明的灵魂。
那是你身体唯一的居所,
它供养你的青春和衰老。

早晨是自来水曲线的流淌,

流淌能替代修辞和语法。
他们之间裸露无遗，如同
树木和藤蔓的纠缠不已。

中午把火柴投入壁炉，
燃烧是他们的现在进行时。
他们虚拟的体温在上升，
在装置爱恋的器官中。

夜晚要与梳妆台对话，
把分离的背影交给它。
如果只有短暂的一天，
那此生也不枉虚度。

（原载"十月杂志"微信公号2023年10月2日）

冬日偶作

陈德根

前二十年看到雪景，心中
雀跃，后二十年看到雪景
我满眼都是雪，我的心
正独自将它们运来

但我终究无法将它们运到这里

辜负了空荡荡的森林

辜负了安静下来的原野

辜负了低下头颅的山群

抱歉了，我说，雪下在了

多年前。而我

白茫茫的心，仍默默地

从遥远的地方将它们运来

（原载《当代·诗歌》试刊号第 1 期）

与父亲拉煤

敕勒川

我清晰地记得，那个秋天的下午，我

和父亲，去离家十多公里的郊外煤场

去拉煤的情形……车是那种老式的人力排子车

去的时候，空车，顺风，父亲拉着我，一路

小跑，我看见父亲瘦硬的背影

在大地上一起一伏，仿佛一架

古老而又年轻的发动机

反正也没事，就当是一次周末郊游，反正

力气也是用不完的，父亲说……路过一片旷野时

父亲放下车，抽烟，歇息，若有所思地看着我

在荒野里欢天喜地地采了一束
说不出名字的野花

回来时，父亲把我采的那一束鲜花
仔细地插在车子的煤堆上，把绳子
套在身上，两手紧紧抓着车辕，在前面
拉着，我在后面推着，中间车上
小山似的煤，沉，重，黑，硬邦邦，像极了
那些年的生活……经过一段上坡路时
父亲使劲前倾着身子，大敞着上衣，紧绷的
后脖颈，渗着黑黑的汗水……仿佛他拉的
不是一小车煤，而是拉着整个北方
和北方的大风

那是我童年时，父亲唯一一次陪我郊游
这么多年了，父亲插在车子煤堆上的那一束鲜花
一直在我眼前，颤巍巍地晃动着……那时候
蓝天，还是炊烟的一部分
人间，还是父亲的一部分

（原载《诗潮》2023年第5期）

苍耳记
查　干

摘下跟回来的几颗苍耳
捡起最小的一个，所有的刺都望着我
目光柔软，稍稍用力
疼痛的记忆穿过那么久，那么远
落了回来，缓缓打开

把它们排成一列，那么多的兄弟姐妹
说散就散了，淹没在
更低更小的挣扎之中，敛起身上的刺
以此对抗异乡泥土的坚硬

他们说，苍耳有双生的奇异内核
从没打开过，但我看到过它们
年轻时开出褐色的小花
一生都与故乡的事物纠缠不清

(原载《诗选刊》2023 年第 1 期)

碎　片
城　西

爱一座城市

法国梧桐遮蔽着它所有的街道

这些狭窄的光影隧道

每一条，都通向故事深处

爱它青砖、红砖的老房子

它幽暗的楼道

和围着铜栏的阳台

在红丝绒窗帘和废弃的壁炉旁

老式留声机，正传出沙沙的歌声

爱它生意清淡的咖啡馆

和柜台后，穿着士林蓝短袖旗袍的女子

——在一个下着蒙蒙细雨的午后

告诉她：为了找到这里，我几乎

放弃了所有的地址

（原载《安徽文学》2023 年第 9 期）

西坡少年

曹 东

那时西坡有几棵桐梓树，树影里垂落硕大花朵

我们躺下听收音机，调波段的老式机

咝咝电流声很好听

听了一会儿我就瞧你的眼睛，仿佛你的眼睛

是小布丁荧屏

突然你伸手捂住我额头，温热的指尖

一点一点滑动

轻轻捉下一只黑蚂蚁，竟然问

这蚂蚁可以做我们的儿子吗

我一时语塞，恍惚了半生不能回答

还记得桐梓树开花真灿烂啊

桐梓树也好看，许多年没见桐梓树了

（原载《诗刊》2023 年第 14 期）

蚂　蚁
曹　兵

我在院子里，等雨来

吸引我的，不是大朵翻滚的乌云

是一堆奔跑的蚂蚁

它们密密麻麻，有成千上万只

我拈起一片树叶放在它们中间，就是一道鸿沟

我如果放下一块更大的土坷垃

无疑会是一座无法翻越的大山。

它们太小了——

我抬头看天，在这暴雨将来的天地间

我也太小了——

而对于一群蚂蚁，我是巨大

在大和小的对比中

暴雨就要来了,我就要离开了

我清除了蚂蚁身边的一切障碍

包括土坷垃和一片落叶

可对于从天而降的

暴雨,我又有什么办法

让它们安然度过一场天灾呢

没有办法

我是真的没有办法啊——

(原载《当代人》2023 年第 10 期)

雪夜时带我回家

曹麓流

雪夜时带我回你的家吧

让我一进门

胸口就碰到你爸你妈呵出的热气

你妈笑得像雪　的确　和你一样年轻

你爸是雪中的一尊雕像　妈妈的英雄

些微沧桑　少许白发

在客厅的灯下熠熠闪光

我坐下和你爸交谈

雪下得越大我们的心越温暖

你妈会为我倒茶　打量我

像打量夏夜里的星星

曼妙的瞬间我眉宇飘然

侧脸瞥见

卧室里一盏灯

恬静如他们的爱情

而在另一个房间

一定还有另一盏

（原载"诗与画"微信公号 2023 年 2 月 12 日）

给你的第一百首诗
程小蓓

我要为你写一百首诗

可十年前你已经为我写了一本

当我再次读它们时

终于从你的话语中

明白了你曾经对我如此宽容

我后悔为何现在才明白

你在爱我时你看到了我的孤独

你忍受了我的冷漠

你忧伤我与生俱来的忧郁

你无奈地看我在焦躁中焚烧自己

你伸手拉住我，不让我掉进

我自己挖掘的陷阱中

如果我今天还能活着
那一定来源于你的生命之吻
如果我今天还可以爱
那一定是你的爱所唤醒

是的，我们已不再有激情
看着满院的落樱我不会落泪
看着樱桃结满树梢我不再狂喜
我们老了，守着屋子里的家具
翻看那些二十年前你偷来的旧书
早晨我为你烧开牛奶
晚上回家时你为我下面条
夕阳下我们在村子里散步
你是我的亲人，我们相依为命

（原载"诗与画"微信公号 2023 年 1 月 13 日）

秋　分
窗　户

早晨的细雨和迷雾，把日夜分成两半
我在操场上散步。记不起的梦
浮在四周有点湿润、有点重。孩子们在教室早读

哐当哐当的声音

一大早就从隔壁厂房传来

远山和山顶的大风车，看不见了

但我知道：它们在那儿

就像我知道刚过去的夏天，平铺在时间长河中

但除了在梦中，我们再也无法返回

就像载着青春岁月的列车，离我们越来越远

（原载"送信的人走了"微信公号 2023 年 10 月 3 日）

桑之落矣

川　美

看她从桑树下走过，身材矮小，腰背挺拔

乌黑的头发，高高绾起，仿佛——

仿佛是一朵鸡髻花

看她低头系紧鞋带，又抬头看看天空

并不回头地，从门前的小巷，拐上了大路

看她的背影渐行渐远，不知要去到哪里

"只要离开伤心之地，离开伤心之地"

三千多年了，实在不敢相信

那个卫国的女人做了我对门的邻居

她丈夫不再抱布贸丝，他是一个卡车司机

（原载《草堂》2023年第4期）

明　天
大　解

从路口到明天并不远，中间
只隔一个夜晚。大不了亲自走一趟，
摸黑去问莫须有的人。
大不了写信寄往天边，却没有地址和收信人，
爱谁谁吧，寄出去，必有一个落脚点。
从路口到明天不足一公里，
其间有一条近道，
我走过，
但是明天一直在后退，
就像一个问题，一直躲避答案。
曾经多次，我以为穿过子夜就是明天了，
而我所到达的是一个新的今天，
明天依然在前面。
如今我不追了，
我隐藏在自己的身体里，等，一直等。
明天真的不远了。
明天，

必有一个邮差气喘吁吁，

冒着热气找到我，

必有一封信被退回，

在远方绕了一圈，又回到我的手上。

（原载"一见之地"微信公号2023年7月10日）

你没了，我才敢放声大哭
大连点点

"能治好吗？"我说能

"能治好吗？"我说能

如此三问，如此三答

仿佛我不是骗子

医院的消毒水

满屋子的中草药

摆好了救你的架势

真不能告诉你，妈妈

这辈子，我们的缘分将尽

你有一肚子话

我们下一辈子才能再说

火焰最终伸出长舌

舔着你的枯萎

它把你舔没了

你没了

我才敢放声大哭

（原载《满族文学》2023 年第 4 期）

脸　谱
灯　灯

无数扇门，我坐在花香的门口。

我就在花香的门口，看出入的云朵、生死

看晃动的人心、人脸……

——我就在所有脸中

寻找我的脸

琴声中，颠沛流离的山色，一次又一次

把脸谱安在我脸上

有时虞姬，有时项王，有时布衣……

有时，我的脸上聚集了无数人

一样说不清来处

一样不知道

为什么死了还会再死，再生

再轮回

——多少次了。几千年了

没有一个是我。我就站在我的对面

我知道

——这也不是我。

（原载"一见之地"微信公号 2023 年 9 月 23 日）

故乡的傍晚

呆 呆

整个平原只有一棵树

树下站着一个人

它是荒芜分泌出来的一线幽魂，还是祖母丢失在草丛的煤油灯？

整个平原只有一幢房屋

几只白鹭被一片水域弹开

又被

另一片水域弹开。都不重要了，父亲。你的平静是我眼见的平静

你的星空。同样挤满了悲伤的石头

（原载"无限事"微信公号 2023 年 8 月 9 日）

夏　夏
呆　呆

雨来得突然
去古人造的凉亭躲避，墙垣倾颓
似曾有野狐造访
雨势长且沉闷。穿蓑衣的人，挑筐子的人

脸完全垮下来的老妇；一朵云飘自 2022 年
甜瓜香味四处弥散。那个青年骑着单车飞速冲进小院，他开门。悄无声息地上楼
——夏夏，是穿粉色塑料凉鞋，泡泡袖白裙的女孩

在运河边一边绞着槿叶洗发，一边眯起眼睛，去瞧岸边的房舍和工厂
摇摇晃晃，在暮色中薄成一幅剪纸

（原载"一见之地"微信公号 2023 年 8 月 22 日）

早　晨
代　薇

在乡间醒来是多么美妙的事情
阳光照射进来
像一杯刚刚挤出来的泛着泡沫的牛奶
还带着牛棚和干草的气味

睡衣的颜色

身体像镂空的花边一般单纯

正如我对你的想念

它已没有欲望

我会想念你

但我不再爱你

（原载"现代诗公园"微信公号 2023 年 9 月 1 日）

失去便是归还

代　薇

天黑下来以前

还有一段时间

这时，尘世的加冕已显得多余

此时的荣誉属于落日

属于随风而逝的悲喜

世间的每样东西

都是要还的

包括生命

失去便是归还

你把此生拿起来

——又轻轻放下了

（原载"现代诗公园"微信公号 2023 年 9 月 1 日）

有 光

杜 涯

我站在中部的一座山峰上

向西，眺望，看见

落日有时落在云海，有时落在无穷里

有时，落日擦过金星的边角

有时，它则朝着土星的方向悠悠而去

我望着它西去的辽阔

我感到万里的苍茫，万里的忧伤

落日总是令我忧郁

而忧郁是我的故乡

因而有一天，我追着落日

向西，登上一个又一个的峰顶

那一天我看见了四十三次的日落忧郁

是啊，我是另一个小王子

我来到地球已经多年

我的故园，我的华屋，就在头顶星空的深处

我还无法回到我的故乡

在这里，我还有一卷朝霞要完成

（原载《扬子江诗刊》2023 年第 4 期）

紫藤花下

段若兮

是暮色让光朦胧，温润。并让花香

都沉淀于庭院深处。紫藤花兀自开着，香息纤细

你默坐于花下，有人在身后唤你

你不应

遗忘光阴之后你眉目淡然，呈现出超然于世的沉静

无觉，不辨悲喜。只是默坐于花下

久久无语，让这一生只停留在这一刻

岁月酝酿的那杯浓酒，反复啜饮后早已变淡

如月色般清白。只是舍不得放下酒杯的人在你面前欢笑

而在深夜里默默流泪

风拂过，紫花飘坠，落在你依旧梳拢成髻的银发上

有几朵滑落在披肩上，又掉下来

散落在你的轮椅旁

（原载"送信的人走了"微信公号 2023 年 9 月 8 日）

最旧的音质，要慢慢地喊出来
二　缘

一把祖传的铜茶匙

上面，有浅浅的包浆

有很旧的音质

有很旧的光泽

你听，我的乳名

带有母亲的音质

我做了一把桃木梳

送给妻子，也送给女儿

柄上那最旧的音质

要慢慢地喊出来

（原载《诗刊》2023 年第 6 期）

惘然录
方石英

为什么在我特别清醒时

或醉倒前，总有《锦瑟》响起

回忆让我沿天目山路迅速老去

只有双鱼座的灰姑娘

失联之后永远年轻,至少在四首诗中

你让我无比脆弱,十年,二十年……

你亲手交给我的报纸早已泛黄

请原谅我,依然无法用英文精确表达

我喜欢你喜欢我的样子

我喜欢你在斑驳光影中清唱

我喜欢你又失去你

直到琼·贝兹白发苍苍

西湖上空的繁星不再旋转,我想你

时间的大雪渐渐将我活埋

(原载《当代·诗歌》试刊号第1期)

我发誓

方闲海

酷暑里的一个中午我闻声跑去

踉踉跄跄的童年步伐

带我来到熟悉的小河塘

站在河塘边我才发现

那里没有一个我游泳的小伙伴

而渔村里几乎所有的小女孩

正在集体裸泳

一个异性出现

让无数沸腾的水花顿时寂灭了

这时

一个大姐大从水波里钻了出来

光着身子径直走到我面前

她警告我

今天你看到了我们什么都没穿

不允许你告诉任何一个男孩子

并让我发誓

这时我身边

已迅速地围上了一群光溜溜的女孩

她们的皮肤流淌着水滴

在骄阳下

她们气势汹汹地盯住我

而如今

我早已忘了当时我如何发誓的

只记得

我沿着河塘左边的小路跑来

然后沿着河塘右边的小路返回了村子

一路上大汗淋漓

小心脏蹦蹦跳跳

但我发誓

我从未跟任何一个男孩提起过我当时看见了女孩们在裸泳

那些沸腾的水花

（原载"英特迈往"微信公号 2023 年 6 月 4 日）

三个以后的我

非 亚

一个我退休后居住到了小镇

过俭朴的生活

早晚出门散步,去菜市场买新鲜的肉和蔬菜

白天大部分时间

喝茶,看书

整理以前的文字

在院子和露台种花,浇水

把阳光请进房间,偶尔给朋友打电话

夜晚朝灯光飞进房间的虫子

好奇这个老家伙

另一个我,在工作室做着设计

和助手一起

做一个旅馆,住宅

或民宿

奇妙的空间,花园,引入时间的路径

经常出现在工地,戴一顶安全帽

和绑扎钢筋的民工打招呼,对糟糕的施工细节

大发脾气

还有一个我,四处旅行

到一个海边的城市,或者山区

在街头咖啡馆

要一杯咖啡或啤酒

看随身带去的书，偶尔抬头

观察街上走过的女人

以及跳落墙头的一只鸟

太阳像一位老友，出现在大街

晚餐之后的一阵风，又把月亮，星光

送进窗口，一个人

在午夜的房间

想起从前

想起消失在门把手上的日子，被浪费的生命

沉默如同一只盛满

茶水的杯子

在大喝一口之后，又放回桌子

（原载"英特迈往"微信公号2023年4月2日）

松　开
风　荷

一条河以它的奔腾，牵动着原野和森林

西风紧拽着悲伤的外衣

芦苇被霜雪染得苍老

你已许久没有听见自己的哭声

松开的爱情，在别处

不必再踏着露水去寻找

那个白衣翩翩的女子，也许已化作了一抹白月光
过去是一朵花开的战栗
未来暂时没有答案

唯有松开，才能让自己和万物保持适当的距离
此刻，影子松开了灌木
你松开了尖锐

（原载《诗歌月刊》2023 年第 1 期）

枕木边的青草

冯　冯

一匹栗色老马，两匹小马
吃枕木边的青草
牧马人还没回来
小马抬头看老马
老马看铁轨尽头
童年的青草坡地开满紫花地丁
口琴少年给它吹曲
斜阳梳理它的鬃毛

铁轨老了

枕木边长出新鲜的青草

（原载《诗歌月刊》2023年第1期）

尖　叫

冯　娜

这个夏天，我又认识了一些植物

有些名字清凉胜雪

有些揉在手指上，血一样腥

需要费力砸开果壳的

其实心比我还软

植物在雨中也是安静的

我们，早已经失去了无言的自信

而这世上，几乎所有叶子都含着苦味

我又如何分辨哪一种更轻微

在路上，我又遇到了更多的植物

烈日下开花

这使我犹豫着

要不要替它们尖叫

（原载《扬子江诗刊》2023年第1期）

樱　桃
冯立民

樱桃小口
是甜的
火焰是甜的

月亮升起
谁坐在樱桃树上
咿咿呀呀地唱
把一个聋子的心
唱酸，唱碎

大雨之后
必有盲人，看见
红衣女子
跃入了水中
在雪里盗取了火

拍了拍我的
不知是哪片叶子
夏天的手
带着母亲的温和
与父亲的宽厚
掸着我，发间的雪

而雪在乡下，会变身

三月里是杨花，六月里

化作蚕，化作茧

九月，谁摘下第一个棉桃

谁便在雪里盗取了火

拍了拍我的

不知是哪片叶子

拍得最欢的那一片

一定是认出了我

（原载《飞天》2023年第3期）

石　头
冯果果

山间桃花落满石头多么令人悲伤

坐在石头上身边空着多么令人悲伤

泉水流过，山更空，多么令人孤独

那些藤蔓独自绿着，鸟鸣挂在上面多么令人担忧

这块石头年事已高还未长成玉多么令人绝望

我坐了那么久，用手焐它焐了那么久

它依然对我无动于衷，多么令人悲伤

（原载"十行诗"微信公号2023年7月25日）

夜行记

莆跃成

那是许多年前，我牵着父亲的手，
走在从山脚村回家的路上。
大风吹过松坡与竹林，
呜呜咽咽，在我们身后穷追不舍。
我三步并作两步，不敢落在父亲后面，
也不敢在前。月亮之上有人捣药；
月亮之下，大路切开原野，
老榕树如史前的巨神，一言不发。

那一刻，我相信山中有鬼，
背阴处蹲着妖怪。我相信崖顶的危石
会在某个暗合命理的时辰
变为老头，来邀我下棋。那是一个
万物有灵的时代。
我们孤独，又并不孤独。
儿子信赖着父亲，人类敬畏着天地。

多少年过去，那样的经历
使我对未知，始终保持着
原始的亲切，在被夜行列车、霓虹灯
以及塔吊填满的夜晚，仍然相信着
另一个世界的存在。

（原载《广西文学》2023 年第 4 期）

污　渍

甫跃成

你有没有见过一个女孩，那么认真，那么仔细，

拽长了袖子，擦拭棺材上的污渍？

那年她十三岁。那年她的父亲卧床两个多月，

也没跟她商量，就一头钻进了棺材之中。

人来人往，锣鼓喧天。整整一个上午，

她站在棺材旁，拽长了袖子，

擦拭上面的一小块污渍，像在打磨一只玉镯。

她居然不怕一口棺材。她居然没像我儿时那样

远远地望见巨大、漆黑、两头血红的棺材，

就想到死亡、厉鬼、噩梦，就尖叫一声落荒而逃。

她仰着头，看着我说："我爸爸的

棺材脏了。我爸爸的棺材上，有一块污渍。"

她是我的侄女。我记得说这话时，棺材

早已被擦得油光锃亮，上面映着她小小的影子。

（原载《扬子江诗刊》2023 年第 2 期）

下雨天

干海兵

下雨天老父亲还在山上

雨点又急又大

整个春天都在云雾中闪烁

下雨天老父亲又忘了带雨衣
他会在哪棵树下躲一躲呢
雪白的李花会不会
落在他四十岁的肩头

我记得的都是他四十岁的样子
雷雨中笑呵呵地
一把推开房门，把哗哗的
雨水牵到闪电照亮的墙上

桌子上的菜有些青绿
冒着雨雾一样的热气
四十岁的父亲再不回来
母亲又要到柴火熊熊的灶上
蒸一遍

一晃三年有余了
母亲一遍一遍跑到厨房里
而每一次门都是被风吹开的
而每一次李花落下来
变白的只是她的头发

（原载《人民文学》2023 年第 10 期）

温暖的事物

高　坚

大叶杨的枯枝

突然掉了下来

砸痛了冬眠的紫花地丁

树林的背阴处，还有三分之二的雪没有融化

它们坚持着

等春风最后的嫁妆，远嫁他乡

我的三弟，拾捡大叶杨的枯枝往家背

夕阳下，三弟肩上扛着枯枝

枯枝的影子压着三弟的影子

大叶杨的枯枝燃烧在蒙古包的炉膛里

蒙古包外，炊烟袅袅

贴着河堤，迎接晚归的我

远远地，我就听到两个月大的儿子的啼哭

离我越来越近，离春天越来越近

（原载《草原》2023 年第 9 期）

鹰　架

高若虹

疑是风折了一根木棍挂着

在翻越巴颜喀拉山翻越玉珠峰

疑是牧人点燃的一炷藏香
香头上还立着一粒灰烬

疑是月亮削的一节夜的旧枝
钉在高原上，拴着乱窜的风

如果不是栖在架子上的一个夜的黑点翻了翻白眼
如果不是那粒黑点突然展翅飞起

两只在草地上嬉戏的旱獭
就不会吱一声关上它们的门

而不远处的草地上一头拖着怀孕身子的牦牛
摇头摆尾，为未出生的小牛犊给鹰鞠躬致敬

是啊，当一株细小的青草缝补着草原的伤疤
一只苍茫的鹰就是它们拒绝苍茫的守护神

草原给鹰一个支架鹰就还给草原一个安宁
鹰以及高挑细瘦的鹰架都有辽阔的爱和悲悯

不再漂泊，鹰知道它飞得再远，辽阔的草原上也有家和家人在等
不会孤独，每当雏鹰在鹰架上练翅，鹰架就紧紧抱住自己
连影子都不让风摇动

当鹰眨了眨眼睛,不,分明是夕阳西下

随即,偌大的青藏高原就一点点缩小成鹰的瞳孔

(原载《民族文学》2023年第5期)

往事:时间
高短短

早晨在窗帘上慢慢亮起

汽笛声远远传来

乘第一辆早班车返乡的

是多年前的父亲

他面色苍白,一身的舟车劳顿

我和弟弟蹲在门口

等他卸下鼓鼓的行囊

拿出给祖母的冬枣、砂糖橘

我和弟弟的棉靴,母亲在家

烧了煎蛋排骨汤、酸辣猪肚

远方如此慷慨,父亲被如期归还

那重逢的冬天,他从口袋中拿出

我人生中第一只机械手表

圆形的精确时间

环绕着钢制的金黄蝴蝶

(原载《中国校园文学》2023年4月上旬刊)

大海之秤（一）

高鹏程

它称过落日的辉煌和悲怆，

也称过海面上月光轻盈的脸庞。

它称过一艘航母的轻，

也称过一滴蓝色眼泪的重。

它称过一头鲸，鲸落时刻的庄严，

也称过万物生长时的希望。

它对自己和万物的分量心中有数。

我曾看见过它郑重地称量一朵渔火的重量，

动用的，是和称量万吨巨轮相同的砝码。

（原载《诗潮》2023年第6期）

薜荔之诗

高鹏程

一种荒凉的植物。

往往，在人去楼空之后，才会爬满石墙和院门

越荒凉，越茂盛。

这种奇异的植物，还会结出一种名叫木莲的果子

用它研磨的果胶

将会被制成一种褐色果冻

它软糯、甘甜，有一种

沁到骨缝内的清凉

能够抚慰夏日酷热的暑意。

如果你不曾见过薜荔，如果你不曾

品尝过这种奇异的果冻

请你读读这首诗

你将能感受到时间

一种荒凉中的平静

请你继续读读这首诗，你将会看到

薜荔和它环绕的荒凉的院门

你将会看到一个守在其中的

荒凉的人

在耐心研磨一碗清凉的木莲果冻。

（原载《人民文学》2023 年第 9 期）

小　镇
耿占春

一条公路穿过小镇的边缘
道路两旁的白杨树在夜风中
喧响，黑夜里偶有卡车驶过
远光灯刺穿一条光的长廊

短暂的几声鸣笛后，小镇

再次陷入封闭已久的沉寂
一辆卡车，从暗夜中来
又隐没于一阵更漆黑的夜里

他被再次抛进已逃离的乡镇
世界古老，他的心太无知
一个青年人，从黑黝黝的麦田
远望车灯瞬间照亮夜空的白杨

他每晚在读康德、维特根斯坦
或艾略特，世界古老，他的心
太年轻，哪堪比险恶的世相
哲学与诗终不能让他应对生活

每晚他都漫步于麦田，麦茬地
秋耕后的旷野，或冬日的冻土
每晚他都暂时合上书页
眺望卡车的远光灯照亮的世界

小镇很古老，他的心是个谜
看不清自己的命运，从小镇灯光
最晚熄灭的窗口，他望着
一辆卡车的远光消失在暗夜

（原载《大家》2023 年第 2 期）

灰 瓦

龚学明

青瓦是一个雅词

其实是灰蓝瓦,我更愿意叫灰瓦

粉墙黛瓦,指的即是这瓦

我年少时,家里是三间瓦房

灰瓦与灰瓦挤挤挨挨

是有序的:或俯卧或仰躺,头靠头,手脚相连

就像所有的祖先:遥远的亲人都来了

"一起做一件事"

——庇护他们的孩子们,一个活在人世的

家庭,遮风挡雨

我们在屋底下唱歌、喝粥、哭泣

快乐不是没有,只是太少

屋内的暗和室外的亮

像燕子进出,春天很快长大

母亲只在哼唱民歌时放松

父亲不说话,烟头替他燃烧窘迫的滋味

贫穷像一只陌生的兽,看不见而摸得到

米缸里的空让生活见底

这些灰瓦总是湿的,晴天时

也眼泪汪汪,"有比风雨更残酷的"

那夜它们没有睡——

他们的孩子,我们的父亲多么害羞

他犹豫着不得不外出去借米

很晚很晚,他提着

一小袋米和沉重的脚步回来……

(原载《诗歌月刊》2023 年第 10 期)

归去来辞

管清志

我误以为村子里的鸡鸣狗跳

都是在欢迎我的到来

我误以为只需伸手一推

便会在轻轻打开的庭院之内

有渴望看到的一幕

我熟稔的——那些似曾相识的炊烟

瓦片的缝隙里塞满的风雨

这一切,都是它应该有的样子

直到我从那些擦肩而过的眼神中

读到了"陌生"两个字

直到有一天,在南山下的田野里

我迷失了方向

转来转去,找不到出路

——多年前,一场大雨引发的山洪
冲毁了故乡所有我熟悉的道路

(原载《延河》2023年1月下半月刊)

我写下的事物

汗　漫

我写下的事物活在纸上和人间。
没有写下的事物,从未降生或已死去。

是时候了,刀尺苦寒,急砧促别——
街道上的落日、树木、飞鸟、光,
郊区的河流、风、南方,一次拥抱万古愁。

我写下的这些事物
多么少、多么苦涩,像大海旁边的两瓢水。

我只能生息于这两瓢水,像盐粒。

两瓢水和盐粒,组成谁的眼眶和泪雨?
谁读到我写下的事物并心疼
谁就能把我轻轻哭回这亲爱的尘世。

(原载《草堂》2023年第6期)

人间这么美

贺　兰

病友没有道晚安

而是说了一句：我要好好活着。

我听出这里面

有比晚安更让人安心的力量。

她现在已经完全变了一个人

变得爱说，变得爱笑

换了一份工作后

薪水不高，但她十分喜欢。

她很感谢那场大病

让她终于活得像一个人。

她说自己

一睁开眼睛，就能看到光

而那束光

来自她的胸口

她的腋下

来自身体上那结着刀疤的地方。

（原载《诗潮》2023 年第 4 期）

羊井子

胡　杨

一只羊叫了一声
一群羊跟了过来

一群羊一起叫
那口井
就藏下了
它们的叫声

在月色如银的夜晚
水，亮晶晶的
似乎要从井底溢出

宁静中
隐约有三五只羊的叫声

（原载《诗刊》2023 年 17 期）

倒回去的路

胡　澄

在人世走过的路，留下苦难的标记
是为了倒回去

攀岩者学习要领，踩着一个一个钉子

是为了重回平地

你经历的人世

唏嘘不已

天哪！这薄冰架设的桥梁

这深渊

这喜马拉雅山的山脊

——踩着这些路标

你重回婴儿，带着对尘世的深刻悲悯

（原载《草堂》2023年第1期）

夏　夜
胡文彬

童年，天热的时候

我总是躺在村前山坡的青石板上

枕着母亲的腿

读写满星星的天空

那时候，月亮这盏灯

一点也不刺眼

我经常读着读着，就睡着了

山风这把大蒲扇，扇着扇着

就把我扇进了梦里

很神奇，每次醒来

我都是睡在土炕的苇子席上

但这次醒来，魔法消失了

山坡不见了，母亲不见了

天空，只留下了北斗七星

这个巨大的问号

——再也没有人

把我从中年，抱回童年

（原载《星星》2023年4月上旬刊）

愿　望

胡正刚

父亲和母亲安于贫乏的

单向度的生活。不呼喊，不抱怨

不对未来怀有超出日常限度的

僭越之心。但他们仍旧热衷于

修正事物的走向。给烤烟打顶抹杈

让养料直接输送给烟叶

稻谷灌浆时，撤去田水

让柔软的浆汁，加速凝结成

饱满结实的籽粒。在草窝里

放一枚鸡蛋，引导母鸡

到预设的地点产蛋……

他们也试图修正和指引我

抓周时，在我面前的红布上

郑重地摆放了毛笔、书本、钞票

算盘、轿车和官印模型……

而不是熟悉的谷粒、挖锄、墨斗

背索和织梭，这些事物的寓意

和象征性表明——他们已经厌烦了

土地上的生活，但又无法抽离

只好把内心所愿递给我，期待我

朝着与他们相反的方向成长

时代滚滚向前，从劳作中

习得的经验，已经陈旧失效

做这些事情的时候

他们多么热切

他们多么生疏

（原载《诗刊》2023年第13期）

兼致春风沉醉的晚上

胡茗茗

我们走在绿洲路上，像一对

隐身人，随公园里健步走的队伍

大步流星，随神威药业的灯牌

闪烁，随老吴羊汤的老板数今天的流水
我们被烟火人间覆盖，被陈年红酒
恍惚，说起曾经青春的鲁莽、愈合
跌跌撞撞，张开的臂弯，千帆过
爱过的身体不由己，由心，又总是错

说着说着我们就成了十年的陈皮
成了药，也是药引子

眼睛里星光忽明忽暗，哦
我多么怀念那些丢失的眼神

春风里走失的小狗子
茫然，惊恐，四下里闻嗅
回不去了，家丢了

晚风里的暗香如此深刻
逼近每一个花下低头人的呼吸
记忆的裂缝里，有闪电
有微笑，并带着泪光

（原载《广州文艺》2023 年第 7 期）

灰 烬

侯存丰

一阵风来，我闻到了草木灰的熏香，
在靠近巷道的半山坡，
一堆落枝枯萎地燃烧着。
这是附近居民的旧习俗，
他们要用这些灰，去茁壮零星的菜地，
那是他们心中的田园。

搬来这里几个月，每天总能看到一些人
走上半山坡，
有时是几个老人，有时是雀跃的小孩。
远离市区的郊边，他们侍弄菜地的身影，
似乎让消逝的乡景有了片刻回溯。
这是我愿意看到的。

站在窗前，望着那已经熄灭的灰烬，
某一瞬间，我感到一种命运临近了，
那是从童年的灶下灰堆中逸出的，
一种灰中炭火渐冷的命运。
突然，我好想紧紧攥住母亲的手。

（原载《延河》2023年3月下半月刊）

存在之杯
海　城

以生命的名义

热爱一只"存在"的杯子

旋转的白昼和黑夜

不停地掰手腕

我警告自己，永远不要摔碎这只杯子

哪怕大难临头，哪怕无常的命运

一次次跑来碰瓷

但我不知道这信念

能在一块冷铁上燃烧多久

（原载《海淀文艺》2023年第3期）

露天电影
黑　枣

从没有一种时候像现在这样

我无比怀念一场乡村露天电影

那是在一座空旷的晒谷场上

谷物尽收，四处散发着

泥土、雨水和烈日搅拌一起的

复杂的气味……村民们吃好了晚饭

搬着一把椅子去占位子

比床单更大更白的电影幕布
此时是乡村即将盛放的璀璨星空
"来了！来了！"放映员提着
两只乌黑发亮的铁皮箱子来了……
那时候，有两种人是我崇拜的
一个是乡邮员，一个是放映员
他们打开了外面那座世界的大门

激动的村民慢慢安静下来了
我听见放映机"沙沙沙"响的声音
好像很多人踩着那道灯光的小路
跑上了电影屏幕……那是
来自另一个世界的人，长得好看
打扮漂亮，说话像唱歌一样迷人
就连干坏事的人也显得体面、亲切

时间越来越急躁无趣了
干什么都不加掩饰地简单粗暴
人们好像也不再做无谓的期待
但是他们把整个世界打扮得
比所有的电影都更加绚丽多姿
每天都在上演着一出出
喜剧、闹剧、无厘剧……

我突然明白了

人间就是一座露天电影放映场

荧幕里的人走下来

我们走上去……别人笑我痴

我笑众生皆疯癫

（原载《草堂》诗刊2023年第9期）

月　亮
黄　浩

我发现月亮和许多事物都会是绝配

比如：镰刀般的月亮和五月熟透的麦子

如同磨盘似的月亮即将从山顶上滚落

半块斧头的月亮挂在冬天的树杈子上

我脸上的阴晴圆缺

也是月亮的悲欢离合

（原载《阳光》2023年第4期）

落　日
黄　浩

落日落在树杈子上

落日落在屋顶上

落日落在山脊上

落日也落在河沿上

落日也落在一列停止的火车上

有一次，我竟然看到落日

落在一个回家人的肩上

这个人吹着口哨，扛着落日

落日就是落日

落日落到哪里，仿佛都是为了一首诗

（原载《阳光》2023年第4期）

我们总得爱着点什么

黄海清

"再不爱，我们就老了"

湖边木椅上，你指着粼粼波光说

黄昏像天空撒下的橘瓣

银杏叶飘在我们的头顶

像被忘却的明信片

我们在林荫道上走着

一切话语都显得多余

八十年代的信还躺在书柜里

绿色的邮筒在风里站了多少年

我们总得爱着点什么

才对得起这人间

你看，白杨树在风中

一年一年地绿

红叶李的花，卷起漫天大雪

即便一根稻草，也不轻易交出它的金黄

让我们一无所有地爱一次吧

像多年以前，两只豹子

一跃而起，闪电一般

干净漂亮

（原载《安庆电视报》2023 年 2 月 17 日）

春天的合唱

黄海清

水杉　梧桐　白杨

它们的叶子在高处

甘蓝　孔雀草　紫花地丁

它们的叶子在低处

更低的部分

是黑土和瓦砾

雨水涌向天空

构成了春天的合唱

多像十八岁那年

合肥幼师音乐礼堂

一群穿着白衬衣蓝色背带裙的女孩

她们在唱——

哦　那美丽的山楂树呀

白花满树开放……

记忆里的人

深爱的植物

在雨水里发光

一只鸽子在滴水的屋檐咕咕

那么多往事一起涌上心头

（原载《荆州晚报·垄上诗荟》2023年3月7日）

给雷平阳发去一张昭通老地图

霍俊明

我看到一张老地图

发黄变脆

一个个坐标和点线仍然清晰

那是这位昭通诗人的老家

在他故乡东南

二十里处

有一片

巨大的湖泊名为八仙海

我给他发去这张地图

并不是想求证

这片湖水现在

是否存在我只想让他看看

其实

他有好几个故乡

有的已经干涸

有的已经死去

有的正在变形

有的正在爆裂

隔着手机屏幕

我听到了老雷的呼吸

像是隔着时间的毛玻璃

有人一直在干咳

像是一层层的细砂垂直漏下……

（原载"原乡诗刊"微信公号 2023 年 6 月 5 日）

一场雨

鸿 莉

上天用一场雨抒情

我只能顺从

每点雨里，都携带一个神

我不能预料，哪滴雨

会把我的一生淋透

让我在迷茫中，醒悟

天，总会下雨

我的一生，总会被

当头浇下的雨

弄疼弄哭几次

在奔赴中

雨下雨的，我走我的

我淋雨的样子

像被命运，又赞美了一次

（原载"当代诗选"微信公号 2023 年 8 月 23 日）

我经历的每个瞬间

韩文戈

我经历的每个瞬间，万物都在呈现各自的辉煌
清晨打开门，树下一条小狗也在看我
起早的人纷纷走向田地
一只鸡会在傍晚跟着鸭群跨进家门
落日有如古老与最新的知识照耀着东山顶
西侧山峦被它镀上一层金辉
冀东的河流闪烁着穿过村镇，陌生人心怀隐秘
这是多么偶然，这又是多么必然
我打开书，母亲给羊喂草
父亲躬身从河里担水浇灌菜地
就这样，世界从不停息
星罗棋布的事物相互吸引，自我即中心
然后我的父亲、母亲告别了这个世界
这是多么偶然，这是多么必然
我们不是凭空而来，哪怕来自虚无，那里恰是子宫

（原载《当代·诗歌》试刊号第1期）

万物生

韩文戈

生下我多么简单啊，就像森林多出了一片叶子

就像时间的蛋壳吐出了一只鸟

而你生下我的同时
你也生下吹醒万物的信风

你生下一块岩石，生下一座幽深的城堡
你生下城门大开的州府，那里灯火光明

你生下山川百兽，生下鸟群拥有的天空和闪电
你生下了无限，哦，无限——

从头到尾，我都是一个简单而完整的过程
来时有莫名的来路，去时有宿命的去处

而你生下我的同时，你也生下了这么强劲的呼吸：
这是个温暖而不死的尘世

（原载《诗潮》2023 年第 5 期）

小　暖

韩宗宝

我一个人在异乡回过头去看时
小暖已经消失在潍河滩的夜色中
她黑亮的眼睛似乎还停留在我身上

月亮升起以前　我们站在篱笆旁

默默地看着对方　不言不语

我都能听得到自己的　心跳

她的眼睛像极了一个黑色的深渊

我知道我愿意长久地陷在里面

比她的眼睛更黑的是村庄的夜色

潍河滩的春天　是一匹最动人的布

另外的一匹布当然就是潍河

它正在不远处　无声无息地流着

月光应该照耀着它　纯棉般的月光

也像一匹布　寂静的布　覆盖着万物

我想鼓起勇气说些什么但是没有

小暖　那个夜晚我羞涩而驿动的心

时至今日仍然无法彻底安静下来

你额头的光辉和眼睛里的光辉

和那些眨着眼睛星星的光辉

是同一种光辉　它们像棉布一样温暖

我拥有那个琥珀般透明的夜晚

也拥有整整一个春天的忧伤

（原载《诗刊》2023 年第 7 期）

大故乡

横行胭脂

时间温柔而苍茫

母亲去世,但父亲健康

岁月生尘,但没结成蛛网

祖先把最温暖的大树种在这里

开着花死去的

结着果回来的

我不知道它们都藏起了什么秘密

我只想在你的胸膛上打滚或者尽情欢乐

我只想过上温暖的生活

我只想认遍亲人,认遍相知

故乡你有最厚的黄土

索性,就让我做一株情绪激动的麦子

长在一群情绪激动的麦子中

每当我看到你山峦日落,秋夕风起

千古暮色,总有禽鸟相伴而飞

我就泪盈满眶

(原载《福建文学》2023年第3期)

小　姨

吉　尔

我曾见过我的小姨，仅一次
红柳院墙围起的土块房中
炕桌边，那个坐在主位
烫着微卷发的漂亮女人

我穿着大姐缝制的花布衣
扎着乱蓬蓬的羊角辫
倔强地对上了她鄙夷的眼神
在贫穷筑起的卑微和骄傲中
忽然挺直了小小的脊背
孤傲像寒冷一样第一次注入我的脊髓

很多年，我豢养它
像豢养一道闪电
而那个我唤小姨的人我忘记了她的模样
可我常常在镜子里，看到那个和她相似的人

（原载《北方文学》2023 年第 6 期）

白桦林

吉　尔

我闻到桦木的味道，仿佛多年前
深秋的浆果落在潮湿的草地上
还有马粪的味道

那时，遇到一只奇异的鸟
或者一只花斑鹿，我们一点也不意外
我们听着树叶的声音
斑鸠飞过……尽管放慢了脚步
还是惊动了十七匹马的睡眠

我反复数着，那是十五匹大马
两匹幼马，我被这清一色的红棕色感动
没有一匹马是其他颜色
十七匹马光亮的皮毛在闪闪发光

那时，世界没有一丝灰暗
我们的心情里从未想过邻国的战斗和难民
还没有为任何事产生分歧
我们走出白桦林
身上还带着桦树的味道

（原载"早上好读首诗"微信公号 2023 年 2 月 8 日）

万物更迭

纪开芹

黄昏落在旷野。我踩着它薄薄的余晖

沿着小河堤散步。看水草与光线纠结在一起

偶尔还有一两声鸟鸣从高空跌入水草间

潜沉到河底。许多熟悉的人从身边经过

只有这时,他们才离开烟熏火燎的中心

我无意观察人群,我追赶灵魂,灵魂一直跑在前面

先于我认识艾草,先于我和它们结为挚友

我看到鸭子穿行在田野,蜻蜓停留在红蓼上

新埋下的路灯像一排排卫士,竖起耳朵倾听

小路上人们的欢笑,灌木私语

一双看不见的大手,正在修改古老的篇章

在电线杆上安装琴弦,只等着燕子这些黑色的音符演奏出天籁

我觉察到光影转换,时间在一刻不停地流逝

一部分旧事物被带走,在流逝中

群星闪烁头顶。植物的嫩芽在枯败中萌发

(原载《红豆》2023 年第 6 期)

我的栗色马和狮子

江 非

人们都曾问过我

我为什么来到这里

我给他们讲述的答案都是

我想到更远的地方看看生活

从西太平洋到南太平洋

看看那里的人和日子

我从没有提过我是失望于友谊

我是实在不想再在原来的那个地方

心疼地看着人不能回到自己

犹如溜冰场上穿上冰鞋的孩子

每当回乡下老家时，我也不想

再走过村前果园里那片密密麻麻的坟地

人在哪里不能生活

但我来到这里

我还想到更远的地方，中亚

或是荒凉的北非高地

但正当我想起身离开时

一个女人来了

然后，她又走了

把我最后的心也绞碎带走了，我的那颗心

曾是我的栗色马和狮子，充满了真爱

曾是我的全部

（原载《朔方》2023 年第 2 期）

32 号

江一苇

我的一生都在手撕日历上记事

偶尔也在上面写诗

记录的事件，都被我一页页撕掉

扔进了垃圾桶。写的诗

没有被谁记住一个字

一年很快就过完了

一本日历，最后只剩下一张封面

仿佛平白无故，多出来了一日

这一日，我把它称作 32 号

它不在时间之内，却也不在世界之外

我将一年来最后的心愿

记在上面。我将一年来的

最后一首诗，写在上面

多么好，这多出来的一日

仿佛现实之外的另一个世界

所有的愿望都在这里一一实现

获得了最完美的样子

我愿意在这一天向你许下承诺

永远爱你。就像这多出来的一页白纸

它不对应具体时间

它只有开始，没有结束

（原载《人民文学》2023 年第 3 期）

第一枪

姜念光

他听见阳光命令黄铜。黄铜首发命中

他有多么好的视力

几乎看见疾速的光斑钻进红土

几乎看见未来,犹如当胸一击

他证明了一块铁不会废弃,甚至

经历忍耐和锤炼,会有更多可能的铜

长林丰草,野心青翠

他梦想成为百万军中最好的那一个

但打出第一枪的他多么紧张

他是少年,少年的紧张是新婚的紧张

这隐秘的战栗,长久地延续下去

许多年他携带着凛冽而炫目的悲剧气息

出乎意料,又百步穿杨

许多年,他喜欢献身的果决

子弹从一个胸膛到另一个胸膛

他成为自己,同时成为敌人

许多年,他明白这才是构成命运的铁和铜

而这时在语言中

他又将一个人的扳机搂到少年时刻

(原载《十月》2023 年第 5 期)

坐在父亲的庭院

剑 男

我有一个漫长的中年，从二十岁开始
那是父亲离世那年农历十月
秋风不再有确切去处，父亲在庭院中
说自己的肝正在一点点烂去
要我在他走后照顾好两个苦命的姐姐
和年幼的弟弟，那时候我没有工作
也没有爱情，只有贫穷让我
一下子步入人生的中年，父亲辞世后
我落叶一样不知疲倦在人世
辗转漂泊，没想转眼间已过天命之年
人生过半，如今我再次坐在
父亲曾经的庭院，白云如世事在天空
悠然飘过，那么多的白云啊，就像积雪一样
一下子覆盖在我灰白的头顶

（原载《长江文艺》2023 年第 1 期）

废旧的铁轨

剑 男

废旧铁轨卧在丛林，如废旧的时间
你说此时的铁轨

像一条大蟒蜕下它的皮

不知列车带着它新生的疼去了哪里

会不会像一个人的青春

在某个不为人知的夜晚脱轨而去

阳光从树杈间漏下

铁轨草丛中偶尔跳跃或行走着鸟兽

想起那时我们数车厢

看火车冒着白烟轰隆隆向深山挺进

看火车过后铁轨闪着银白的光

不知人世有多少生命能像鸟兽一样

作鸟兽散又去而复返

有多少人散落在大山深处，梦见

一列时代列车穿行在

旧时代的铁轨上，看到我们厌倦了的生活

在火车哐当哐当的聒噪中重又回来

（原载"一见之地"微信公号 2023 年 5 月 6 日）

玉米记

焦 典

清晨，奶奶剥玉米

有人越河逃来

带着雪灾和高尔基倒下的消息

奶奶用嫩嫩的手剥下

寒冷、恐惧和异乡的陌生人
整座莫斯科的雪融化在她的碗里
玉米金黄，包容躲藏

中午，奶奶剥玉米
学会野鸭沙哑的技能
在草籽间翻找应对荒年的方法
奶奶小心翼翼地剥下
饥饿、绝望和虚弱的家人
整个东北平原硌在她手掌的裂口里
玉米金黄，贫瘠透亮

黄昏了，奶奶没有剥玉米
偶尔呼喊我，怕我像儿时一样摔倒
大部分时间不说话
悄悄预演长久的沉睡
奶奶用回忆里的手剥下
几粒子女
几粒隐忍
几粒诚实的纽扣，掉进命运的锁眼

晚上，我背上书包离开
奶奶流着泪站在窗前冲我挥手
玉米金黄一片
乌苏里江安静地流淌

（原载《北京文学》2023年第3期）

茅　针

敬丹樱

母亲递过来一把茅针

棕绿色的箭矢锋芒毕露，剑拔弩张的对峙

母女之间

也在所难免

层层剥开，清甜。软糯

一如当年。母亲说，没有小时候味道好

女儿接过嫩白的絮状物

有滋有味地品鉴

羡慕着我们遥远的童年

带着好奇的少女，祖孙三代来到茅草丛

这是一堂生机勃勃的自然课

女儿积极探索

不断从草茎抽出惊喜

童年的必修课赶在童年结束前补上

少女交出满分作业……

风越吹越绿，并排坐在春天里的三根茅针

不约而同敛起锋芒

内心的柔软，一览无余

（原载《诗歌月刊》2023年第3期）

水　獭

津　渡

黄昏，低着头
女孩子，沿着路基扔下碎纸片
踢着易拉罐的男孩
渐渐走远。站牌上，黏着一只蠕虫
像淌下来一滴油。
火车停下来加水，鸡冠花
站在石砾堆里，怏怏地摇头。
来了一个吹哨子的站务员
消瘦，大眼眶深黑
像咬紧了贝壳的水獭。
这专注的表情，多年前
已在一个死去的妇女脸上流露。
她走到车厢的另一边，一边敲打车窗
一边，兜售汽水和茶叶蛋。
每一次火车呼啸而过
我们都以为她已被火车带走。

（原载《诗刊》2023 年第 13 期）

阿依莎

冀 北

清晨的阿依莎
暮晚的阿依莎
总是走在她家羊群的最前面
从远处看，仿佛一只黑羊
领着一群绵羊，浩浩荡荡
在草原上漫步
母亲说，阿依莎
早已把自己活成了一只头羊
她走到哪里，羊群
"咩咩咩"地跟到哪儿
她死于一场暴风雪中，母亲说
找到她时
羊群正围着她打转
阿依莎一动不动地躺在那儿
羊儿们找不到回家的路了
很像是漫天的雪花
围着青海的天空打转
却找不到落脚之处

（原载《安徽文学》2023 年第 9 期）

山口的落日是一辆末班车

冀　北

西边窄窄的山口

隐约出现一个人影

仿佛是从落日中

刚刚走下来。

然后，又看见第二个、第三个……

这时候的落日

真像是停靠在山口的一辆末班车。

我和母亲站在院子外面

眺望着……

但看不清，哪一个

才是从矿区赶回来的

我的父亲。直到天黑下来

一颗星星出现在门外

我扑上去喊他：父亲。

（原载《安徽文学》2023 年第 9 期）

黑夜如此动听

柯健君

我听过萤火虫的歌，在童年

听过铁器淬火的嗞嗞声，在村口的打铁铺

听过一封家书，被寄出时，急切的

阅读声——天地静谧，人间安好

我的心底刻印着随缘的经文

悔过时的叹息，放下万物的坦然

黄昏经过寺庙转角为无名小虫让路的虔诚

这些声音，低低浅浅，又重若千钧

深夜，当我细听——

争吵后的拥抱，陌生人的微笑

星辉照在小路，田野里庄稼在生长

孩子入睡，课本搁在梦境最高层

饮酒或出海……

弱弱强强的声音在世界不同角落协奏，或独唱

让黑夜，如此动听

（原载《诗刊》2023年第10期）

何为故土

康　雪

人死后，都去了哪里

没有谁能告诉我

这是好的。

在乡下，并没有整齐的墓园

这也是好的

想过很多年后

我也被埋在山里或山脚下

总之，挨着山就好了

到处都是蓬勃的草木

它们幽深的根部

总是提醒我

我有一个永久留在人间

四季开着不同野花的屋顶。

（原载"英特迈往"微信公号 2023 年 5 月 7 日）

放　羊
康承佳

以老屋为中心

母亲圈了四个山头来养羊

以保证它们在深冬，也能吃上肥美的草

重庆的冬天藏绿

只要你愿意，走过弯弯绕绕纤瘦的田埂

翻过层层叠叠高高的山坡

总会找到比春天更葱郁的表达

那是羊群的快乐

更是母亲的

回乡后，母亲很少向我讨要或索取关注

那些我和弟弟不曾做到的陪伴，她都从
家畜身上领受，必须承认的是
那是一种更干净的获得

今天又是大雾
大雾过后是更大的太阳
此刻，母亲又顶着温柔的日光
驱赶羊群去更远处觅食，她眼里装着
群山、河流、村庄，和她丰沛的暮年

（原载《诗潮》2023 年第 5 期）

鸭　群

康承佳

它们怎么可以有这么好看的羽毛
蓬松，柔软，迎风闪烁，自带弧光
难怪走路时总是大摇大摆
那是藏也藏不住的骄傲

临水自照，它们也被自己给美到了
日复一日不厌其烦地要去小池塘
小脚脚划呀划，看水纹
一点点碎成了鸭群的模样

岸上,祖母背着猪草,牵着年幼的我走过
一字一句教我哼唱"鸭子沥沥,走路拐拐
没得妈妈,晓得回来……"
鸭群在远处,"嘎嘎——嘎嘎——"回应着
断断续续,打着节拍

(原载《诗潮》2023年第5期)

那些白色
龙　少

这是夏初,云朵在山坡上竖立成风的羽翼
麦苗在不远处排成海的模样
我们周围,槐树正在开花
细长的枝条不时变换着鸟鸣
这一次,我没有细看那些开花的树
尽管浓郁的气息一次次扑面而来
在之前,很多个春天里
姑姑总会按时给我备好槐花麦饭
槐花饺子和花蜜
我知道之后的日子,再也不能无条件地
拥有它们了。突然想离一棵树远远的
离那些白色远远的
可它们那么近,几乎刺疼了我的双眼
当我从山坡下来,那么多槐树正在开花

姑姑去世后，我再也没有写过它们

（原载"诗刊社"微信公号2023年1月10日）

在天山看见西湖的荷花

卢　山

从友人的朋友圈里，我看到西湖的荷花

一群群娇嫩的小娘子停歇在水边

擎着一把把碧绿的遮阳伞

在游人如织的江南，数千年来

这群不谙世事的少女，熟读灵隐寺的钟声

从未捷足登上公子王孙的车辇

在万里之外的天山脚下，我带来西湖的雨水

妄图在塔克拉玛干沙漠种植十万里荷花

当塔里木河流淌过宝石山的黎明和晚霞

一个诗人的江南就复活了——

像我多年前深爱过的女子

她绯红黄昏般的脸庞逐渐笼罩着我、覆盖着我

（原载《西湖》2023年第8期）

游 荡

吕 达

天气已经连续好了三天
今年我住得很远
每天上下班路上空气都不好
两个月来我没有适应新的住处
我把地图反复研究
也没找到合适的安身之所
人生路似乎越走越窄
两个月来我没有剪头发
也没有说过一句有意义的话
朝不见日夕不见月
衣服越来越脏
胸口又酸又硬
我不再用语言来定义自己

午饭后我独自下楼闲荡
一直走到路口的超市再折回来
半路上桑烟的气味突然闯入
不用想我也知道这有多么像桑柏枝
扔进火炉焚烧时产生的香气
在遥远的高原
我曾为那些植物对火的情谊着迷
我曾把那里当作故土
现在仍然是

羊群悠缓地移动

天空又蓝又白

我不配在这里哭

(原载"无限事"微信公号 2023 年 4 月 3 日)

穿过岁月的颈部

老　井

活干到半班的时候

再刨起炭来已经有些异样

煤层中传出细细的呻吟

是豺狼的呼啸、湖泊的叹息

还是恐龙的呓语

分辨不出,只好发狠地刨着它们业已变黑的躯体

有时猛不丁地用几声大吼

镇压下内心的恐惧

浅薄的劳动有时会引起深刻的仇恨

亘古生物们深藏于

煤屑之中的微毒灵魂,一直在往外冲

它们想把地心所有站立的物体放倒

它们在等待一滴可以提供爆炸的火焰

"隔绝人世两不知

混混沌沌上亿年"

在上井时我口里念叨着这句诗

此时乘坐的大罐缓缓上升

载着我经过侏罗纪、二叠纪

石炭纪的岩层

秦汉的细沙、唐宋的淤泥

明清的瓦砾，穿过岁月啤酒瓶一样收紧的颈部

上行到开放的辽阔时空里

（原载《安徽文学》2023年第6期）

车过野马渡

老　铁

车过野马渡，我看见

满天的星星落了下来

那些星星，是先飞起来再落下的

飞起来的是梦

落下来的是夜色

可以窥见，大段故事突然溃破

珍藏的光芒射出尖锐

纤细纤细的，刺痛了夜神经

在野马渡，梦是可以流淌的

潺潺流进某一个单元的某个故事中

从容而软绵

梦话叠就的枕头

成为一朵雨做的云

车过野马渡

我看见，一颗又一颗星星很丰满

它们缓缓游动着

在一个个故事中闪烁其词

（原载《扬子江诗刊》2023年第3期）

循环归来的腿

刘　川

从二战战场下来的男人

失去一条腿

每当战争纪念日来临

人们便记起他缺失的腿

战争纪念日一过

人们又忘掉他缺失的腿

他缺失的腿

每年回来一次

而今，他死了
但时间不会停下来

每当战争纪念日来临
人们便记起他

以及勇敢的他
失去的一条腿

（原载《星星·诗歌原创》2023年第7期）

聋　子

刘　川

人间到底有
多少聋子
天上打雷
他们听不见

人间爆炸
他们
听不见

对面楼房轰然倒塌

他们听不见

只有当

他们自己手中小小的饭碗

掉在地上

啪的一声

摔碎了

他们才被震得

猛然跳起来

（原载《北京文学》2023 年第 1 期）

谁也没有说出一句话

刘　莉

我们，就这样

和山峰一样保持沉默

多么寂静啊

没有一只鸟儿飞过

也没有一丝风吹草动

我们谁也没有说出一句话

偶尔，望一望

多少次走过的那条路

已被荒草淹没

（原载《飞天》2023 年第 2 期）

在遗忘的陷阱里

刘立云

书架睁开眼睛在默默地注视我们

这个秘密我是在许多年后

发现的。但许多年后当我发现这个秘密

它已被另一个秘密掩盖

如同此时此刻，我正被自己遗忘

书架上群贤毕至，这是有目共睹的事

他们正襟危坐，努力保持着

大师的威严和矜持

等待着某一天走下来，与我们的灵魂交谈

而大师毕竟是大师，谁敢轻视他们

即使把他们遗忘在书架上

即使尘土满面，也享受着人类的敬仰

也有与大师们比肩的事物被忽视

它们荣登书架，却只为装点我们的履历

之后比书架上拥挤的大师

被遗忘得更彻底，仿佛远去的一个梦

比如陈放在我书架上的一块陶片

它来自遥远的楼兰；一尊黑黢黢

一眼就能看出是仿造的武士俑

那是我从临潼秦皇陵廉价淘回来的

一颗晶莹剔透的鹅卵石

诗意的说法是帕米尔的一颗乳牙

几万年后，我与它在叶尔羌河滩相逢……

我是个经常往外跑的人，每次外出

都会以过客的心理带回

外面的物件。有一天，我在书架上突然发现

这些物件摆上去之后，我再也没有

动过它们，再没有回想过它们的

前世今生；它们被摆在那里

默默地，有的过了十几年

有的过了二十几年，有的三十年前随我

从逼仄的平房，搬进这座高层的三楼

当我们在某一天发现遗忘某件事物

其实已经在遗忘的陷阱里越陷越深

（原载《福建文学》2023年第2期）

今 夜

李 庄

今夜，不仰望星空

今夜，不俯瞰万家灯火

今夜，不读李白，也不读陶潜，更不思念谁

今夜，内心的烈焰终于燃尽

今夜，独坐

如一粒千年之前或万年之后的砂

今夜，一个银河边的哑巴

用一根灵魂的筷子

细数

死灰中

一生犯下的罪

（原载"诗麦芒"微信公号 2023 年 2 月 8 日）

初 见

李 庄

羊羔呼啦一下落地

湿漉漉的羊水

洇湿了一片尘土，草屑

母羊舔它

像舔一块黏糊糊的奶糖

羊羔站立，摇晃，蹦跳

我跑去告诉母亲时踉跄，跌倒

母亲微笑不语，伸手

抚摸我乌黑的头发

和膝盖上跌出的肿包

那块淤紫渐渐变得乌青

那时，我看不见

尘世的刀子

还要等待时光慢慢磨得锋利

（原载《当代·诗歌》试刊号第1期）

青 春

李 南

那是个纯真年代

恋情从不轻易发生。

年轻人花里胡哨，缺乏审美

花格衬衣、喇叭裤扫荡着地面

希望一次邂逅

在图书馆，在夜校，而不是百货店。

他们吐出满嘴新词

饥渴——面对着海洋——更加饥渴。

读书、旅行、彻夜争辩

大师都住在光里，供人仰望。

小酒肆油腻的餐桌

一次带着面包和汽水的郊游。

当然我也是其中一分子

从学生、青工、小记者

不断变换身份

总认为自己此生能干翻命运。

那时我们没有见过大海

没有见过海边坚韧而沉默的礁石。

那时槐花满地，茉莉清香

多少朋友边走边散……

那是上世纪八十年代

我只能捡拾起一些残存碎片

青春已被挤压进命运岩层

多少年后，仍能看清几道纹理。

（原载《诗刊》2023 年第 11 期）

谈起幸福

李 南

为什么我们把生活

过成了破旧的日子，一个接一个

为什么把父母给予的粉嫩婴儿身

弄成了千疮百孔的老机器

为什么年轻时我们是那么粗鄙

听不懂小提琴的哭泣

为什么城市动脉被淤泥堵塞

而枯叶抬起乡村的黑棺材

为什么爱情得用金钱称量

我们的孩子都变成了佛系青年

萧萧落木中天际寂寥

人们啊,为什么要在等待中完成一生

当我们谈起幸福,幸福不再闪闪发亮

它有了可疑的、细细的裂纹……

(原载"一见之地"微信公号 2023 年 5 月 15 日)

公交车驶过劲松中街

李 唐

公交车驶过劲松中街

你像往常那样,挑了靠窗的座位。

那时雪已经落下,但还不算急促

像一个刚刚站在路口准备哭泣的人

白色的情绪有待酝酿。而夜晚

在灯光中总是幽蓝的,透过车窗

你接连看到麦当劳、半价影院、疫苗接种区

车子还没到站,还有时间睡一会儿。

靠在冰冷的玻璃上,额角感受震颤

一粒雪，仿佛就要打在你脸上

但它提前被拦截，在窗子上凝结。

怕坐过站，你不会任凭自己睡去

沉沦黝黑梦境。这时，路灯照耀的区域里

雪花正成群飞舞，如灯光豢养的飞蛾

无谓，易逝，但也是某种存在。

车上有人比你更早发现了雪——

那个孩子伸出手，指给他疲倦的母亲。

汽车靠站，开门，关门。

有人咳嗽，刷卡，下车。

一场初雪无法穿透夜色，它无关乎希望。

你最终还是坐过了站。你记得以前

还有售票员可将你唤醒。而现在

你跟随沉默的司机在雪中驶向终点站

那里，车辆并排停靠，仿佛彼此依偎。

（原载《草原》2023年第9期）

野花谷

李　琦

这是多数人从未见过的景象

满山遍岭的野花

开放得触目惊心

如果绽开是一种动作

这野花的动作可以说是激烈

人迹罕至的大兴安岭深处

这片野花盛开的地方

把春天举到了极致

向导神秘地发问

你们猜这里埋葬过什么？

淘金的汉子和穷苦的妓女

一样的背井离乡

粗劣的烟草和粗劣的胭脂

绵长的乡愁和绵长的悲伤

男人和女人

最后

变成墓地荒凉

当年粗糙地活

潦草地葬

如今，魂魄变成野花

隆重开放

那样地活过一次

这样地再活一场

野花谷

奇香弥漫

让人断肠

（原载"原乡诗刊"微信公号 2023 年 6 月 8 日）

赵一曼

李　琦

七岁时，烈士馆初见她的照片
容貌端正，肃穆，有超凡之气
一种隔世之美，好像生来
就和庄严的事情相关

她的传说，已近于神话
"密林女王"红枪白马
当年的报纸，称其为"女匪首"
清秀，文静，气度凛然
有人在马上、月在中天的震慑之威

没有自由，她自己就是自由
遍体鳞伤，气息奄奄的赵一曼
散发着奇异的气场
她能让那些对她用尽酷刑的人
面对她，也尊称：女士

如此出色的人，命运

给她的时间却太少。命悬一线
依然有一种光芒,让人相信
这乱世之上,确有携带翅膀之人
她以魅力,唤起崇高感
让身边的看守、护士,豁出性命
与她同上逃跑的马车
绝路之上,那辆飞奔的马车
变成悬念。风声紧,草木屏息
马蹄如笔墨,携带云烟,在大地上书写

生当作人杰。活着时
她坚贞,贵重,确立了一种尺度
关于自由、操守、大义和尊严
死亦为鬼雄。押赴刑场的车上
从容留下绝笔,穿越岁月的字迹
让后世的目睹者,为之动容

我是从女孩长成女人之后
才更为深知,那遗书里的隐痛
笔画之间,掩映多少惊心动魄
一位母亲,她的抉择
来自最辽阔的信念
而肝肠寸断、咬碎牙齿咽下
最深的不舍

这个来自四川宜宾

本和我一个姓氏的南方女子
从悄悄离家出走那天
就远远走在了时代的前面
总是会有这样的人
面目宁静，却在人群之中
一声不响，把自己变成远方

哈尔滨人念念不忘
以她名字命名的
街道、公园、学校
三十一岁的年轻女人
从尘世抽身，变成青铜，进入永恒

哈尔滨的冬天，年年大雪飘落
那些雪花，知道时间和历史
诸多隐秘的事物，也知道
小广场上，有一个终年远眺
再不能回家的女人

雪花簇拥着她，格外温柔
一片寂静之中，赵一曼身披四季
这位女士，永不过时
她望着又一轮风雪弥漫的人间
视线里不断加入一代代人的目光
悲怆之外，已是超拔和飘逸

（原载《十月》2023 年第 5 期）

山　中

李　鑫

茅草将寒风割得生疼

几棵苦竹，正将大地的苦涩收入身体

而三五只山雀往深山扑腾而去

空气里只有茫然的余音

山中无人，所有的声响此刻都只

说给我听

我期待一声虎吼，我知道没有

要是有我会平庸地恐惧

旧马蹄印，新的积水

天空微小，云朵在其中洗得白净

我的眼睛在其中

寻找眼睛

我对自己说：

"我获得了一块马蹄印的安宁。"

不远处的溪流

正悄无声息地将自己，输送给森林

（原载《人民文学》2023 年第 8 期）

这样的生活由来已久

李 点

蝉鸣撕咬的黄昏
我站在窗前等他下班
小径上走来穿白衬衣的不是他
便道上提着购物袋的男人不是他
一边走路一边打电话的那个人
不是他

我计算着他打电话的时间
此刻,他还在路上,比往日略晚

想到自己所经历的困顿和不幸
针扎一样的生活
我常常会在回忆时紧紧揪住胸前的衣襟
"我流泪,因为一切事物消逝、改变
又重返"

幸福抑或不幸
它们都由来已久
有时卵石一样遍布我经历的河床
有时又蚂蚁一样将我啃噬

此刻,它蜂蜜一样把我灌满

(原载"一见之地"微信公号 2023 年 6 月 18 日)

这个冬天不太冷

李小洛

这个冬天不太冷
广场上的雕塑还没有竣工
我从一扇关闭已久的门里走出来
穿过了这个热火朝天劳动的场景

这个冬天不太冷,箱子里的啤酒
还剩下了最后两瓶,我靠在刚刚燃起的
炉火边,慢慢地喝着它们
我像担心着一场早已开始的宴席
担心一些人会提前走掉
而不忍,把杯子里的酒,一饮而尽

这个冬天,风经过琴键时
发出了呜呜的声音。补丁在天空上
像一些飘浮的云。我站在夜晚的中央
像一只被人类领养的小苍蝇
像孤独的药棉住在人民的伤口里

每天晚上,我是那么晚地睡下
我是那么早地醒来
我是那么地思念着,一个
躲起来,让人找不到的人
啊,那个荒凉、遥远、面孔模糊

迟早要来敲门的人

(原载"诗与画"微信公号2023年1月31日)

拾光之年
李元胜

未经审视的生活是不值得的
旧年将尽,而朝阳仍旧如同初生
像炉口,它滚烫的液体
在大地上寻找完美的容器

松树、向日葵、红景天
窗前默默伫立的我们
在经历惊涛骇浪之后,各自用自己的方式
收集着微弱的火苗

向上的生命,都有两片对称的叶子
一片是爱,一片是批判
它们以共同的守护,在所有果实中
恢复宇宙的秩序

我们的母亲,在花园里散步归来
风雨不惊,安详如初
晨光照着她花白的鬓发

像照着一座庙宇的屋顶

（原载《草堂》2023 年第 2 期）

题杏花村

李永才

杏花开过的地方，必有春山在望

一场春雨，从山外赶来

落在杏花村，落在杏花的呓语里

所有的倾诉，都淅淅沥沥

漫步杏花村的田园、湖畔，我仔细琢磨

一朵杏花，掉在湖中

还是落在发际，这有什么不同？

就偶然而言，如同邂逅一个时光的情人

"花影妖娆各占春"

这一刻，杏花村寂静，慢条斯理

缓慢是一种艺术

我在婉转的山歌里，反复学习一枝杏花

沉稳的节奏和清晰的尺度

直到夕阳沉下去

这时的杏花村，满山杏花开放

比客家人的屋檐还广大

（原载《安徽文学》2023 年第 6 期）

年轻的水

李会鑫

很难描述一条瀑布的形状

柔滑的丝绸除了白色,不需要形状

很难描述一条瀑布的姿态

本能的勇气促使它一跃而下

水在跳动的时候最年轻

终点还远,无需着急融入一条河

无需囚禁于任何人的怀抱

执拗和反抗之中不知道悲悯

或者苟且

我抬头欣赏这年轻的水

不谙世事,直视天空、岩石和深渊

孤僻,但有跳上落日的决心

(原载《广西文学》2023年第6期)

满天星斗

李麦花

我住房子

爱选一楼,能看见树,

风是掠过地面而来的

我走路

喜欢有小花小草的路沿，拖泥带水

我爱一个人，喜欢他风尘仆仆到来，带着满天星斗

（原载《当代·诗歌》试刊号第 1 期）

月亮下的老扇车

李玫瑰

扇车的叶片

缓缓转动起来，我们在月亮下

扇谷子，母亲用木质耙子

把散落的谷粒聚拢起来

那些轻飘飘的糠皮

被扇出去老远老远……

三十年的时间

有时候，只有一毫米那么厚

我，算不算一架扇车的故人？

它呼呼转动着风扇

还认不认识我？

当我再一次走近它

我说：使劲吹吧

把那些不值钱的杂念都吹走

把那些糠皮般的虚妄

都扇走……

(原载《五台山》2023 年第 4 期)

水中落日

李木马

落日，顺着柳梢滑下来
在河面为一天画上了句号
我走出单位，沿着河边
忽然想表达
却欲言又止

落日，像蛋黄沉入碗底
水面如镜，照见
生活，一天的眉目与结局
是的，人和事、树影
走出出站口的旅客
和头顶上集体回家的云
都在慢慢靠近归宿

沿着河边，一如既往地走着
此刻，倦怠被幸福的光晕所包围
远处，有人看见我
和我长长的影子

像一列回库的火车

在变轻的脚步中慢慢趋于透明

（原载《诗刊》2023 年第 17 期）

白　发

冷盈袖

"啊，原来你也长白发了啊！"

她跟他说出这句话

心底似乎有些欢喜

夕阳照着黄昏那样的欢喜

从去年开始

她感觉头上的白发

像是稀稀疏疏的雪落到孤寂的山头

渐至有了那种老了才会显露的寒酸相

"真是让人讨厌的感觉啊。"

"你也是哦！"

他这么一说，让她蓦然产生了两人好像是相约一起老去似的想法

她的眼眶湿热起来

是在什么时候

什么地方说到这些的，她完全不记得了

也许是在栖霞桥,也许是在长安桥

就是一种类似"月夜带来的真正的喜悦"

(原载"一见之地"微信公号 2023 年 6 月 16 日)

天地如此广阔
林 莽

我感到了但还不知是与否

那是古稀之年的某一天

是的　时间会逐一打开所有的窗与门

在一本本的书中　在某一天的清晨

一支乐曲展开了无限的空间

一片云霞在山峦中与生命融为了一体

似乎只要提笔就会写出箴言

只要展开画布就能绘出幻象与真理

心灵的宇宙与浩瀚的星云同在

世界混沌　迷蒙又清晰

天地是如此地广阔

得道者在某个时辰看见了另外的自己

(原载《诗潮》2023 年第 7 期)

诗歌就是生活

林 莽

沃伦说:"诗歌就是生活"
读这篇文章的时候
我正在副食品商店排队买肉
那时我三十几岁心无旁骛
追寻着文学、艺术与内心的所求

是刚刚收到的一本《世界文学》
一篇译文一下子抓住了我
那是正午　我排在二十几个人的队列里
前进的速度赶不上我的阅读
我记下了沃伦几段与诗相关的往事
母亲和陌生人的葬礼
飞向落日的野雉　小女儿
地中海边的古堡和几块长满陈年苔藓的
犹如浸了血的阳光下的巨石

一位桂冠诗人的叙述与诗的构思
在我掏出两毛钱递给售货员时
同一片又窄又薄的肉一同印在了我的心里

那是我婚后最初几年的日子
筒子楼　几家人共用的简易厨房
中午饭两毛钱的肉炒青菜　它们

和一个诗人的文章紧紧地连结在一起

多年以后　我才深切体会到了
"诗歌就是生活"的真谛
我一直在用诗　这点点闪光的坐标
描绘着生命的历程与情感的星空

（原载《江南诗》2023年第1期）

奇妙的春天

林　莉

从小河边走过
雨刚停，田野葱茏，我是那样欢喜
蒲公英、婆婆纳、红花草鲜嫩的样子
吸引着我
那些新长出的花蕾、叶片闪亮，甜美

不知道为何，就在那一刻我记起了
我的老邻居
某次深夜的啜泣、暴怒着诅咒
酒杯摔到地上的碎裂声
我的呼吸变得困难

我从一条田埂走到另一条，怅然、迟缓

时间，终会一遍遍涂改、修复着破碎的世界

春天又如期而至

暴雨后的小河浑浊，漂浮着杂物

用电瓶打鱼的人继续蹚着河水

我的眼前

一边是清新的欢愉，一边是泥沙俱下的生活

（原载《广州文艺》2023年第2期）

南　昌

林　珊

转眼小半生就要过去了

整个夏天就要过去了

事实上，对于这座城市

我仍然所知甚少

滕王阁的雪

依旧落在十年前的隆冬

至于万寿宫，绳金塔，长天广场

我曾在一个雨天路过

我每天独自往返于卧龙路和锦园街

接受晨昏的消磨

我已逐渐适应这里的生活

却又似乎从未真正融入过

我偶尔也会想起我的故园

埋葬祖母的佛指岗茅草遍野

荻花胜雪

可它们并不属于我

想起众生皆苦

悲欢离散

终逃不过既定的宿命与轮回

多少个长夜

深深的无力感倦怠感挫败感

压迫我缠绕我

时光如沙漏啊

朝霞送来过什么

落日就带走了什么

那天在赣江边

你问我

如果命运之神给予你

额外的垂怜与馈赠

你会由衷地爱上头顶这片天空

脚下这片土地吗

抱歉，沉默许久

我还是无法回答你

尘世纷扰

我已认不清我的内心

（原载"我只是想要一朵蔷薇"微信公号 2023 年 8 月 22 日）

我想回到梦里去

林 珊

妈妈，阁楼的谷仓满了吗
外婆的绣花针找到了吗
妈妈，昨夜电闪雷鸣
我从梦中惊醒
我仿佛听见你呼唤我的声音

妈妈，潭坊村骤雨初停
外婆坐在檐下纳鞋底
两个表妹用泥巴砌房子
一条大黄狗坐在门前
微微闭上眼睛

妈妈，我想回到梦里去
我想再看一眼阁楼的谷仓
我想再为外婆找一次绣花针
妈妈，我想回到梦里去
我希望我们从来不曾历经分离

（原载"我只是想要一朵蔷薇"微信公号 2023 年 6 月 30 日）

父 子

林水文

一前一后,我在后,他在前
每走一步颤动着暮色的汗珠
小身影越来越像小时候的我
倔强,语气的旁边有着火药桶
刚刚我把他从一群玩耍的孩子中扯出来
谁能告诉我,当他越来越像我
我是该庆幸还是忧心忡忡?

暮色里走着走着就长大了
迷路的萤火虫,还有张望的目光
不紧不慢,他时不时悄无声息回首
望一望黑暗中黑着脸色的我
他看到的黑夜是有我的影子
他不哭,嘴唇紧闭
树枝在夜色里哗哗地响
他不再像从前惊异地问
"那是什么?叶子里藏着什么?"

(原载《诗歌月刊》2023年第9期)

父亲在旷野里唤我

林省吾

一声，高过一声
天黑之后，父亲在旷野里唤我
十四岁的平原，已浸透了
一个少年孤傲、决绝的诅咒

一株植物已高过我
在三个月的光阴里，它经历一生
以落寞的方式，匍匐倒地

此刻，父亲在旷野里喊我
大于祖父的喉咙，声律回荡
一个雨水浸泡的秋天，很快就结束了
旷野更加空旷
只剩下昨晚的呼喊声，如箭
找不到目标

多年后，我再次经过旷野
那片被反复耕种的土地，葱茏如旧
只是那个懵懂的少年
我已读不懂他的眼神

（原载《当代·诗歌》试刊号第 1 期）

那时候

罗爱玉

那时候，牛群翻过了山崖
躺在坝堤的半腰
我们抓石子，玩纸牌，消磨着时光

那时，袋子里捂着梦想的云
一退再退
落在杉树上，多像隽秀的信封

那时，一切多么平静。偶尔，我会支起胳膊肘
望着远处
一丛红艳艳的杜鹃花
我呆呆地望着
那忧愁，焦虑
紧揪着自己，快要冒出血的一朵

（原载《四川诗歌》2023年第1期）

颤 音

陆辉艳

楼下草坪的空地上，不知是谁
遗忘了一把吉他，明亮的橙色

在细雨中。雨丝是空降的手指

它一遍遍触抚琴弦

却不能让这沉默的乐器

在四月发出声响

垃圾车过来了

一个环卫工摇下升降板

麻利地清理完垃圾桶

之后，他看到草丛里的吉他

他走过去，拿在手中看了看

又将它轻轻立在一棵紫荆树干上

不久，垃圾车消失在楼下

我在阳台上，仿佛听见

从那棵树的内部

传来的颤音。在这个早晨

风吹来，抖落了枝条上的雨珠

（原载《广西文学》2023年第7期）

回想，及其美好

柳　苏

一味去回想那些经历的往事

证明，我们确实老了

记忆成为一眼最细的筛子

哪怕一粒沙，一片碎叶，都不肯放过

一生有多长。晨光，流水，星辉，月色

皆有记载。假若选择了沉默，缄口

那些迷茫，忧伤，亢奋，欢乐

统统被带往黑夜，不见天日

万物恪守着自己的秩序

史书，家谱，口头流传，一概留给后人

哪怕在绿色深处，轻轻地响起

啄木鸟的笃笃声……

（原载《草原》2023年第3期）

必然的夜晚

柳 沄

必然的夜晚

偶然想到那位

十九世纪的贵妇

她坐在壁炉前幸福地打盹儿

周围是灰烬般的疲惫

世界一下子安静下来
在我与她之间
是转悠了很久的月亮
和浮来浮去的货轮

不断有成吨的时间以及风雪
被卸在岁月的码头上
而壁炉里的火焰，始终
跟明天的阳光一样温暖
要是我的思路不被打断
她会一直幸福下去
正如她的长发
由栗色一直缄默至灰白

剩下的细节已经不多
总之，是一段距离一截流水
赋予她别样的姿势
尽管我早已知道：人的身体
有百分之七十是液体
可我不想让她知道
——渐渐发福的身段
与一只臃肿的水桶无异

生命越来越珍贵

人过中年之后

越来越像一截

有待干透的劈柴

但她还有足够的力气说：爱

她肯定还有足够的力气

颤巍巍地站起身来

用打量过情夫的目光

打量着壁炉里

噼啪爆响的火焰

（原载"鸭绿江文学"微信公号2023年5月19日）

在因特拉肯放出心中的鹤

保 保

如果注定有一天

要客死他乡

就选一个因特拉肯这样的小镇

每天，推开窗户

看见白雪皑皑的阿尔卑斯山脉

宁静，肃穆

此时，该后悔就后悔吧

半生羁旅：该掏出匕首时

没有掏出匕首

该提起笔时，却举起了酒杯

在生活的重轭下

智慧和勇气皆严重磨损

——每一种苟且都有一万种理由

不如放出心中的鹤，看它

飞过湖泊、山脉、厌倦和眷恋……

飞进痛苦的内部，飞进

雪的苍茫和哀伤，树的愤慨与无奈

——没人知道一场雪就是一首虚构的诗

我捡起一只

不知从何处飞来的纸鹤

笨拙地跑起来

使劲把它掷出去——

原谅我，我知道我的动作蹩脚极了

我已竭力忍住内心的悲伤

（原载"英特迈往"微信公号 2023 年 1 月 29 日）

鹿鸣湖

佴　佴

春天的早晨，我们驱车来到鹿鸣湖

道路两旁的花与树面容怠倦

露水沉重。挖开的公路上灰尘打着呵欠

从数字的包围中逃出来，我猜想

我会兴高采烈地写首诗，沿着

杂草丛生的湖边走了两圈，没有找到

梭罗在瓦尔登湖边漫步的感觉，也没有

真理在心里涌现。一笔过期没收回的货款

以及本月没有完成的销售任务

让风吹过树梢的沙沙声

像春天这台绿色发动机的噪音

无论春风多么慈悲，多么法力无边

它唤不醒沉睡的石头，也不能给我

捎来远方还未生成的好消息

去婺源拍油菜花的计划一拖再拖

一首计划写给春天的诗

还在忙碌的泥泞里跋涉

想起昨夜梦中在考试中手忙脚乱的自己

满脸羞赧。沿着湖堤走进一条无人的小径

和某某一起走过的小径抖了抖身上的尘土

浓密的树荫盖住了我心里的嘈杂

——春风从来不问：什么才是意义？

（原载"英特迈往"微信公号 2023 年 1 月 29 日）

孤独的猫

梁小兰

在人流中穿梭,我是孤独的

我来自哪儿,已想不起

我要去哪儿,心中还是茫然

我不拒绝任何馈赠

陌生的街道正在变窄

通往欲望之途的天空,充斥着腐烂的银杏果的气息

钟声鼓胀着未知的梦想

再一次,我蜷缩起来

狂躁的风始终不冷不热

跟随着我

周围是寂静的树木、摇晃的人影

暗淡的光斑落着灰尘

在生命的拐角处,我再三犹疑

试图脱离纯粹的物欲,试图

摆脱禁困我的思想意识

有谁注意我眼神涣散?

过度疲乏已使我睡意昏沉

在屋顶,我得到最好的疗愈方式

仰望星空,放弃辽阔的海和幻境

如果我悲伤，我也会快乐地悲伤。

（原载《北京文学》2023 年第 9 期）

裸　野
梁积林

高耸的土壁上
夕阳的光轮从一片碎草上噗噗碾过
这深壑，一匹马拧颈啃脊，然后长嘶
完全适合半壁上
一株冰草的渴望和孤独
适合臆造一个与迁徙有关的伤感故事

蹄铁与石头碰出的火花也是篝火
一只盘羊头顶上的圆角，也算是两盘古磨

透过蜃气，看远处发红的山坡上
一个踽踽而行的人
怎么就不是一个部落

山顶上的一小块倍受磨损的冷月
完全就是被时间冲上岸的一枚贝壳

（原载《星星·诗歌原创》2023 年第 4 期）

祁连山中：黄昏

梁积林

雪水河边汲水
躬身，吃劲
"嗨吁"了一声

那牛犊，始终跟来跟去
晃响脖铃
在帐篷边站定

这是大河牧场的黄昏
那个叫卓尕的裕固族女子
手持搅杆
搅着奶桶

一只黄蝴蝶，落在了一株草穗尖上
翅膀闪动，分明一盏刚刚点亮的酥油灯
灯焰扑闪，忽暗忽明

——照耀着
一阵马蹄声
由远而近

（原载《星星·诗歌原创》2023年第4期）

野菊花

离 开

梦中的人并未开口说话
走近后,他也没有认出我来
他忽又飘走了,手中握着一束野菊花
那是山野里的孩子们摘来的花
我逢人便问:有没有见到我走丢的老父亲

你可登过县城东二里江背的青云塔
苍穹在上,碧芜在下
你可曾见过夕阳下孤单的归雁
我都还来不及问
古塔毁于何年,也不得而知
只有树依旧,风吹影动

山风一直在吹
吹清晨的钟,又吹黄昏的鼓
还吹着我衣裳中的野菊花

(原载《福建文学》2023年第5期)

更年期
离 离

我经历的,各种疼痛
无缘无故的悲伤和绝望
我经历的,像病又像幻想中还在成长的
样子,多么难熬

我把头发剪短了,可我藏不了
那几根白头发
我做了一次又一次的手术
那些无声无息的黄昏,太安静了
我的身体像一支笛子,各个洞眼里藏着
好听又悲伤的声音

(原载《当代·诗歌》试刊号第1期)

风筝飞走了
蓝 野

小区中心广场上,人头攒动
被封堵在家里的人们涌出来
跳绳,踢毽子,打羽毛球
争论战事

放风筝的老人突然松手

风筝飞高，飞远

在我们的尖叫声中

老人蹲下，哭了起来

他打定了主意

让风筝飞走，为什么又蹲下来

痛哭不已

（原载《飞天》2023年第7期）

泰山上空

路 也

今夜，在泰山半坡

抬头仰望

空中的不朽

巨大的幽蓝

在山形轮廓之上

吸气屏息

云絮翻译着微风

匿名的空白

朝向北方的广大

万物沉寂

全都失去了回声

只剩下头顶之上的缓缓转动

没有历法，没有钟摆

除了最初的象形文字

什么都不会发生

星星已多年不见，其实从未减少

一颗，一颗，又一颗

全都钉在原处

（原载《安徽文学》2023 年第 7 期）

观　鸟

路　也

先是一队喜鹊，然后是一队灰椋鸟

飞过窗前光秃的楮树林

接下来，一群麻雀起起落落

于对面的屋顶

或者觅食或者开会

后来，两只乌鸫停在一根细树枝上
在半空中，用体重和凝滞之色
测试枝条的浮力和弹性

终于等到戴胜与伯劳
从《山海经》《诗经》乐府里飞来
一个让喜乐盛开在头顶
一个将别离与杀伐深藏于心

最后是一只寒鸦，飞抵树梢
背衬蓝天，朝向冷风
用孤独啼鸣扩充着冬日的空旷
使我想起了卡夫卡

（原载《诗刊》2023年第7期）

勘探小站

马　行

方圆三百里，仅有的两栋铁皮房子多么安静
仪器车上的天线多么安静

冬去春来，当鹰飞远
小站四周的骆驼刺自会悄悄地开花

小站，小小的勘探小站

能够放慢脚步

当一名勘探工人也好

小站，小站，一个人在小站上生活久了

自会习惯与孤独打交道

自会用孤独

把一个地球轻轻转动

（原载《诗刊》2023年第9期）

换　灯

马　嘶

韩国导演金基德因新冠肺炎去世

昨夜重温他的《漂流欲室》

和《圣殇》至凌晨。后失眠

下午，送孩子学画，今日画鹦鹉和小丑

去百安居换灯

被告知十年前的型号早已停产

气温骤降到零下。想起这漫长的

一年，秋冬垄断的一年

人形如遍地落叶在风中悻悻旋转

穿过稀疏街头，我夹着的

哑默灯管，突然发出了清脆的炸裂声

（原载《扬子江诗刊》2023年第1期）

春　雨
马　兰

天空垂下细细的鞭子

把大地赶向春天

向着美好行走，这轻轻的敲打是甜蜜的

一生就是这样

美好的事物牵引着我们老去

我们奔跑着，不知疲倦

有时，苦难拖住我们

度日如年——

慢下来的我们

——忽又一夜老去

愿时光飞逝吧

雨正在尘世散开

抚摸万物

苦难的灵魂得到安慰

贫穷的黄土就要开出花来

(原载《诗刊》2023年第6期)

面壁大海

马　兴

我常常回到迈特村

伫立海浪中，逆光，合十，向西

没有春暖花开的想法

只想站在浪子回头的岸

我的思绪随海浪涌动

需要面壁，悔过，思新

迈特村的海边没有退路了

我把大海当作面壁的墙

此刻，看浪涛拍岸，粉碎，升腾

云朵是一尾尾上天的鱼

只有遭遇下一场雷击

才能回到大海，得以新生

我也一样，任凭风沙淘洗

立足之处总是深渊

每时每刻，我和我的灵魂

都在背水作战

像落日沉入大海，又成新的日出

（原载"中国诗歌协会"视频号 2023 年 3 月 19 日）

良　夜
马占祥

灯火阑珊处，

龙爪槐把影子轻放在地上，

地面上的石径压住的黄土。

我在花园里能闻到土的气息——

多年未曾忘却的味道，依旧卡在喉咙里。

刺玫隐藏了好看的花朵：大隐隐于市。

一缕月光不请自来。在过去的傍晚，

它会照耀路人、农夫和失眠症患者。

它是清晰的，也是公平的，

分别在他们的眼中放下一点光芒。

如今，它只是爬到西山顶上，

一动不动地，打量人间。

（原载《民族文学》2023 年第 2 期）

安静的照片

码头水鬼

三十岁的母亲抱着我,坐在床上。床靠着

白色的墙

窗户是黄色的。窗帘有海浪般的蓝色花纹,拉窗帘的人

是外婆。窗外是寒冬,正在下雪。雪有

一尺厚,是那个冬天

最大的一场雪。外公担心白菜受冻,将它们一颗颗

搬进灰砖砌成的瓦房。我还记得瓦房旁边有一棵

柳树。十岁那年,它被做成了

一张桌子和四个板凳。我记得它的花纹:深浅不一

那时的时间走得缓慢而迟钝,抽屉里的手表

经常停下。"拨快点,宝贝就能长大——"

我仿佛听到这一句

就在母亲的怀抱里。那年我出生不久

母亲用厚厚的棉被裹着我

就像用一堆温暖的雪花抱着永远不会融化的雪人

(原载"鹤轩的世界"微信公号 2023 年 7 月 24 日)

古县衙的桂花树

莫卧儿

它拥有海平面一般辽阔的寂静

和最具完整形状的孤独

"经年的战火也不曾将它毁损……"

一个声音从身后幽幽传来

时常历数耳畔的

车马声，击鼓声，行刑声

一切曾经喧哗的，不再喧哗

一切曾经那样，但不再那样

它试图在空气中搜寻昔日踪迹

拨开黄昏的幕布聆听

幕僚与官员的密谋，抑或透过窗棂

窥视暗处无以示人的冤屈

更多时候，桂花树低头凝视

面前掉落一地的金黄

时间在此停滞——

"那些以为走远的其实最终变成了琥珀"

它觉得自己像一只赶了很多年路的脚

一块废弃的标牌，一条悬挂

在这个时空中游荡的谜语

（原载《猛犸象诗刊》2023 年第 86 期）

在痛苦中获得完整

梅依然

肉体是你的，灵魂是我的
肉体是你的，灵魂是我的
我们以爱的名义做了短暂的交换
"你仍旧是你的，我仍然是我的"
爱到底是什么
我感觉用我的一生都无法完成
而那些厌倦其中滋味的人们
已开启另一个旅程

秋天早已来到眼前
我还辨别不出它是什么样子
只知道
当我独自穿过我曾经生活的小镇
我仍然徘徊在爱的迷途中

爱到底是什么
现在难道不是一间曾经有四个轮子
如今缺了两个的房子？
而爱缺失的生活
还是生活
那放在衣橱底部的白色蕾丝花边裙子
有过迷人的夏日

我不忍回忆

又总是忍不住回忆

我在痛苦中获得完整

（原载"散步的老虎"微信公号 2022 年 5 月 9 日）

寂　静

慕　白

落日盛大

余晖洒向山坡上吃草的羊群

国道上，多吉的摩托车

突突突地驶向远方

后座上带着两个孩子一个女人

帐篷里冒起炊烟

空气中弥散牛粪和酥油茶的味道

旱獭样子萌萌的

在夕阳中向养蜂人打躬作揖

风从山冈上下来

马兰花突然全部站了起来

（原载《诗刊》2023 年第 15 期）

黄河与白鹭

墨 菊

一只白鹭在河心洲踱步

并时不时地点一下头

像是在阅读泥沙

并肯定沉埋与显现

远处是麦田，更远处是村庄

白鹭突然飞起来

一个洁白的警句

我不可能知道

它的全部意义

我的黄河，被抚慰过的湍急与咆哮

是它剩下的水域

这青天，依然是一只白鹭打开的高远

这世界，依然是它栖息的湿地

请告诉我，令人绝望的是什么

（原载《飞天》2023 年第 7 期）

听　雨

牛庆国

好久都没有完整地听过一场雨了

真的　好久

自从离开乡下

我对好多事都失去了耐心

任何一种植物

我都自愧弗如

今天听见雨打着铁皮屋顶

居然一直听了下去

还听见一辆老旧的卡车

是的　就是一辆老旧的卡车

颠簸在过去的山路上

满载着雨水

和云朵

就像载着一条河

多好啊　草木繁茂

庄稼长势正好

沿途的亲人们

用雨水洗尽了脸上的灰土

露出健康的表情

感谢这间铁皮屋

让我没有白白浪费夏日的一场好雨

（原载《人民文学》2023年第1期）

苜蓿帖

牛庆国

一滴露水
刚好让蚂蚁全身渗透
在蚂蚁看来　苜蓿也是树

一直用叶子反光
直到一场大雪
收藏了阳光的碎片
那时　苜蓿的热量
传遍一个村子

被镰刀砍过
但第二年又发新芽
苜蓿的下辈子　还是苜蓿

那个背着苜蓿回家的人
苜蓿对他说　它认识回家的路
有一年　它把一个人背到了地里

有人在城里给苜蓿写诗
他写下　孤独并不是出类拔萃
他是一个吃过很多苜蓿的人
他姓牛

（原载《西部》2023年第4期）

栗　树

那　勺

父亲越来越依赖这棵栗树
板栗蓬在秋天的树枝上紧挨着
这毛棘刺中有一种他喜欢的紧迫感

那时我还是一个孩子
父亲经常带着我，和弟弟用竹篙
去捅树上的板栗蓬
板栗蓬在地上安静，像一只只小刺猬
所有快乐正这样或那样悄然地来
又悄悄地离去，如今父亲老了

几乎不再在栗树下仰起脸
而我在远处，再远处回头望去
父亲躺在靠栗树的窗口像静寂
并不是静寂，他只在静寂中听从
每天的阳光，温软软往他身上落

父亲在午睡，仿佛只有在栗树这里
他才是完整的，父亲还是一个孩子
栗树是父亲写给我的信
我在立春日读给自己听

（原载《雨花》2023年第7期）

今日一别

娜 夜

回忆：

哪一个瞬间
预示着眼前

——今日一别　红尘内外

什么是圆满　你的寺院禅房素食
我选择的词语：一首诗的意义而非正确

江雾茫茫

靠翅膀起飞的
正在用脚站稳　地球是圆的

没有真相
只有诠释

……仍是两个软弱之人
肉身携带渴望和恐惧　数十年

乃至一生：
凡我们指认的　为之欢欣的　看着看着就散开了

去了哪里

人间也不知道

（原载"早上好读首诗"微信公号2023年1月3日）

时光如织锦

娜仁琪琪格

这些开在河边、杂草中的花朵

我尤其喜欢。每一次相逢

都会走近，为它们止住脚步

我对它们行注目礼，从心中生起

敬慕。它们是多么自然

不矫揉，不造作，不趋炎附势

就这样自然地开着

天人菊、格桑花、翅果菊

还有那个叫蓼的谷穗状粉花

小小的、纤柔的、细软的草木

它们在天道自然中

发芽，开花，结果，打籽

而后回到土地，孕育，萌生

它们是多么坚韧

不为狂风骤雨所摧折，也不为严寒停止轮转

此时，我坐在渐入深秋的暖色光线中

嗅着草木熟了的芳醇

在一声声鸟鸣的欢悦里

感受时光如织锦，温良又慈悲

（原载《民族文学》2023 年第 6 期）

退休以后

帕瓦龙

终于像一杯泡好的茶

可以耐心隔着透明的玻璃，看一片片

茶叶沉入杯底

往事氤氲在屋内四散飘荡

再也不用赶着钟点去上班

也不用写材料、总结、交流和讲话了

可以肆无忌惮地睡到自然醒

也可以动不动像只猫去街头乱串乱拍了

可以做一个返乡人，或者读一本

一直没读完的书

像曾经惶然过的佩索阿

用一支随性灵动的笔写自己也写别人

去郊外观鸟，也去千里之外拍鸟

看丹顶鹤、天鹅、虎头海雕、金雕和雪鸮

大雪世界里诗意的生活

偶尔和老友聚一下，这些走进生命中的人

值得用心中的悲喜去呵护和珍惜

更多的时候，依然在喧嚣的尘世间

守一盏灯，打发漫漫长夜

（原载"当代先锋诗人北回归线"微信公号 2023 年 2 月 21 日）

活着与失重

庞　洁

看到现实的人就看到了所有的事情。

——［罗马］马可·奥勒留

研讨会上雀斑女孩的反驳

令哲学家感到些许不快

但他很快原谅了年轻人的傲慢

"才华只能让他们更愤怒，

而不是宅心仁厚。"

再一次谈起"有生之年"

仿佛在与世界告别

想想每一天的三餐

都是在给亲人交代

他突然释怀

亲人间的罅隙突然不再令他苦恼

古典与后现代握手言和

"一棵大白菜能吃几天"

与思考"人类的命运"

同等重要

这个年纪,与时间冰释有无必要?

他把内心不愿和解的那部分称作:

树干上的疤

生活并不到此为止

生活

到愿意重新生活为止

(原载《诗选刊》2023 年第 2 期)

春　夜

庞　培

一名附近厂里的女工,经过落市的

菜场，手里提着塞满菜的塑料袋，身上

明显的外地人特征：

肮脏，但气色很好；

头发湿漉漉（大概，刚洗过澡）。

我隔她三四步路，在她身后

从烦乱的马路上经过——

天突然热了，刹那间，我想起这是在

三月份，吹过来的风仿佛一股暖流——

行人拥上前，我的脚步变得

有些踉跄——

隔开人群

我能感到她健壮湿润。

我感到夜空深远而湛蓝。在那底下

是工厂的烟囱、米黄色河流、街区、零乱的摊位。

遍地狼藉的白昼的剩余物。

从船闸的气味缓缓升降的暮色中，

从她的背影，

大地弥漫出一个叫人暗暗吃惊的春夜。

（原载"一见之地"微信公号 2023 年 5 月 24 日）

野海滩

任　白

一个野海滩，沙子和石头

还有幽暗的海草一起摇晃

低沉的震动来自远方

无法眺望和猜想的远方

我从那里路过的时候

看见三个孩子一动不动

站在浅浪里看夕阳

他们是从哪个地方哪个年代

来的？三个单薄的剪影

把自己镶在夕阳的舞动中

晚星苍白，金子的箭矢

被一根根折断。孩子们还是不动

而潮水正在越过他们

（原载《诗刊》2023 年第 15 期）

光　线

荣　荣

那些被打散的光，隐入暗处，
有些带着私语，有些带着意识，
有些成为一只只影像。
有人徒劳地打捞，更多的人走过，
一声长叹。这世上多的是认命的人。

也可以再集聚，他在暗中，

一个努力的人向自我起誓，

不要放下！他的两手空空，

前些时光还盛满月色，

一些细密的草，被天外的风拂动。

我还留着些什么，不想与人分享？

就像私密的痛楚，置于将忘未忘的边缘。

我仍纠结于夜半时分，

一颗流星划过，会落在谁人的枕边。

现在是一间被分解的屋子，

主人不见了，那些桌椅、灯盏，

那些暖气片和乱飞的杯碟，

在消失前发出最后的幽光，

像所有已经走散的人。

（原载《草堂》诗刊2023年第3期）

南浦溪

田　禾

一滴水放大成的南浦溪

从远天星河上涌流过来的

南浦溪，日夜流淌

在白天打鱼人的桨声中流淌

在夜晚灯火的缝隙里流淌

顺着浦城人的目光流淌

永不疲倦地流淌

整个水面波光粼粼

时刻涌起翻腾的浪花

历史在浪谷中沉浮

岁月在波峰中颠簸

风吹弯了沿途的水岸

每到傍晚，桥洞的旁边

弯着夜泊的渔船

岸上来来往往的行人

像流水一样匆忙

他们在生活的轮回里

每天在一条河流中相遇

与一些流水失之交臂

那时我在黄昏的岸边散步

白天下了一场雨，南浦溪

水位有所抬高

一只鸟贴着水面飞翔

月亮是挂在星宿上的灯盏

心中的涟漪那么轻柔

水流向一个无法停留的夜晚

和一个未知的远方

（原载《诗刊》2023 年第 16 期）

伤　春
唐　果

春来，顶着雪来，披着雪来，踩着雪来
累得上气不接下气。倚着门框，敲门
一扇又一扇紧闭的朱漆大门，"咿呀"而开

进人间走一遭，过河，河涨；过山，山青
随随便便扫一眼杏花、桃花、李花
这些轻薄的花儿，便纷纷褪尽衣衫

总有被忽略的，总有些视而不见
英俊的儿郎越来越瘦，不宜久留
春去无伞，水顺着眉峰淌下，衣衫尽湿

（原载"诗与画"微信公号 2023 年 2 月 10 日）

年轻的雪
铁　骨

十七岁那年
我在贵州的一个山上守炸药库
有天太冷
我早早就睡了
后半夜更冷

冷得超出了常态

我钻出草棚看咋回事

下雪了，那是怎样的雪啊

拥在一起前赴后继地往下砸

像信仰，更像仪式

天亮后，一切风平浪静

所有的雪花安静地睡在一块

像孩子

世界一尘不染

就剩我一个人守住这白茫茫的山峰

和禁止火种的炸药

（原载《三峡文学》2023年第8期）

葬礼上的女生们
三　泉

头发少了，白发却越来越多

坐在长条凳上的女生，为何要窃窃私语

北方秋日，无辜地照耀人间

多事者嗅了嗅花圈，黄菊花是塑料的

高仿的鞭炮声，唤醒了她们的性别

表现出女人，应有的慌张和矜持

同学们久未谋面，记忆像身材一样模糊

她们讨论了养生，社保，退休金，婆媳事，病痛事

但未涉及身后事

死者谢客时，天色将晚。她们表现出悲伤

匆匆约好了下次聚会的日子

（原载《山花》2023年第6期）

风　暴
石英杰

深陷于淤泥中，我使劲却没能扎下根

你们都在生长，而我在荒废这片土地

我拔不出来

只能孤零零

站在原地被风暴演奏

可我并不是乐器

是枯木，是废铁，是用坏的兵器

闪电和雷声

陆续降临到我头上

通过湿淋淋的我深入土地

替我扎根，替我到达更深更黑更远的地方

（原载《诗刊》2023年第16期）

当年在明永

石蕉·扎史农布

当年，二十多年前在牧场
我几乎是头牲畜，混在牛群里
牛犊一样长大，学会蹦跳和喊叫

那时日子很长，从日出到日落
共有三场雨，分别落在牛角的左右
雨前会起风，雨后总有彩虹落地

那时地广人稀，风是自由的
大雪、森林和禽兽，没有躲起来
人也没有藏着心事，像盛开的野花

在二十多年前的明永，我是头牲畜
春夏吃野果，秋冬堆雪人
没有人的心思，仿佛生性单纯的神灵

（原载《都市》2023年第9期）

参　观

孙方杰

展示厅里，我看到如此舒适的宝宝椅

心生了无限的羡爱

时光明亮光滑，在流逝中把我带走

又在这一刻把我带回

我仿佛看到自己还是个孩子，坐在宝宝椅上

享受二十一世纪的童年

我没有坐过宝宝椅。记忆里只有

在大地上爬行，在荒草上滚动

在泥泞里瞌睡，甚至摔得鼻青脸肿

而今，我在我的眼前，成了一个孩子

在宝宝椅上，晃动五十年前的一个黎明

抑或是一个黄昏之后的半截阴影

当我臆想着在这宝宝椅上

安详童年，在一阵近乎呆滞的愣神中

想到了母亲，也想到了

另一种人生结局。我仿佛即将度过

愉快的一生，宛若一个

口衔黄连的人，吸吮到了记忆中的蜜

（原载《胶东文学》2023年第4期）

好了歌

孙晓杰

好了。就是一颗螺丝松了
也许它也想出来看看
外面究竟发生了什么
好了。他终于醒了。拒绝我们
把他葬进一篇哀伤的颂词
好了。我会离开这里
我不会为了记住
一句谎言而毁坏我的耳朵
好了。既然你是这里的一片雪
就不能说,与这里的任何雪崩无关
好了。水了解石头就像天空
了解星星:他的脸像狮子
手像狐狸,小腿像兔子
好了。我的骨头里没有屈从的泡沫
谁不说他所想谁就是一片废墟
好了。快走吧。如果树林里
挤满了人,你就无法找到
藏在露珠里的葡萄
好了。亲吻大地之后,我们也不能
坐遍世界上所有的椅子
好了。让雨在泥泞的荣誉里尖叫
"最终他们是自私的。他们
比你更虚荣,因为他们永生。"

好了。睡眠的铁锚已沉入海底

我们经受的也许

是最后一阵热浪，除了

陨落的夕阳，我们没有晚上

好了。用手帕或纸巾接住泪水

以免它落在地上被尘土践踏

（原载《延河·诗歌专号》2023年第1期）

一棵树

孙殿英

它拽住我鬼使神差的脚

收拢我车水马龙的远方

唤醒我闭塞的感知

它缓然开放

打开了我的听觉、触觉、视觉、嗅觉……

它的树干，由我拥抱

它的丫杈，由我攀爬

它的枝叶，由我亲吻

它的花蕊，由我咀嚼

它的荫凉，由我大醉

它的月亮，让我找回睡眠

它让我相信，世界可以这么小
这么安静，风不举，尘不扬——

（原载"潮白文学"微信公号2023年5月12日）

禁　忌

宋　琳

在高山上，如果一个牧羊人
坐在石头上吸竹筒烟，远眺着峡谷，
不要打扰他，他和怒江有话要说。
它懂他的心事，他也懂它的。

在伞状的树蕨或董棕树下，一把佩着
竹圈的挎刀，像是某人遗忘在了那里，
不要碰它，更不要把它挎在身上，
烙铁头嗅得出它的气味。

夺鸡鸟[①]的怪叫从林中传来，
别模仿它，而要加快下山的步伐，
因为天空马上要变颜色，
石头雨将要给莽撞的人灌顶。

如果你来时恰好是饥饿月，

---

① 夺鸡鸟，独龙族语音译，是独龙江地区的一种鸟类。

山木瓜青青，黑鹇蹲在厚朴地里挖蚯蚓。

且在夜里你梦见了新鬼，你要去找

尼古扒①，并还给他一只公鸡。

（原载《山花》2023年第9期）

回　乡
宋晓杰

我不由自主地踩了刹车

不由自主地，我们惊叹

喜鹊在路的中央舞蹈，练习起飞

再降落，画着柔和的弧线

不能做贸然的闯入者

我们屏住呼吸，隔着玻璃窗

目光聚焦于一处，燃烧

高大的白杨，身披金黄的长袍

田野里，熟了的稻米把自己抱得更紧

秋风飒飒，适度的温暖与清醒

适度的感动，正是所需要的布景

一切都已准备就绪

这华丽的开幕，也是尾声——

---

① 尼古扒，又称"尼扒"，傈僳族祭师。

我们看到了幸福，这大而无当的词语

空洞。被重新提及，再次现身

仿佛多年前，他们拧紧眉头

望着梦想中的金光大道

远远甩开身后的小村

（原载《红豆》2023 年第 6 期）

高歌的人拎着嗓子

沈浩波

高歌的人拎着嗓子

说真心话的人，拎着通红的肝胆

烦躁的女人拎着头发

小时候过年，风尘仆仆的父亲

手上拎着一条大鱼

春天拎起全世界所有的冰

信徒拎着自己美丽的灵魂

对神说：瞧，我已洗得干干净净

（原载"十行诗"微信公号 2023 年 8 月 20 日）

秋天放羊，冬天牧雪

苏 黎

秋天，放羊到南山下
养着一群白羊
十万亩田地已为你们备下过冬的粮草
秋风打更，野猫巡夜

鹰，是一把劈木材的老斧头
劈着一堆取暖的柴火
夕阳，是饮水的一匹马
嘴里嚼出了两根虎骨头
乌鸦的红喙亮在黄昏里

三尺厚的寒冷，九丈深的严冬
一场西北风，带来万顷白雪
白雪，白雪，爱情爬上了山坡
大地的心脏上安放着
两个守夜的人

两个人，两座空空的羊圈
守着一只低垂的月亮
看着一群星星，悄悄发芽
两朵伤感的花
开在石头上

（原载《星星·诗歌原创》2023 年第 3 期）

绿皮火车

苏历铭

绿皮火车像是富人的穷亲戚

在老旧的铁轨上卑微地前行

即便途经大城市，停靠在偏僻的站台上

然后再静悄悄抵达一个个

被忽略的小站

我怀念绿皮火车里的喧闹

人与人挨得那么近

攀谈中，相互知晓自己以外的世界

而现在追逐速度

彼此记不住长相

没有多余的话

小时候的假期

我经常搭乘绿皮火车

前往外祖母的村子

没钱买票，混进车厢之后

始终警惕检票员的出现

有一次躲闪不及

被检票员堵个正着

惊慌失措中，他竟然略过我

挥动着检票的剪刀

像是没有看见我

慢慢走远

我觉得他怎么那么笨

直到长大成人，想起这件往事

忽然意识到自己多么的蠢

在贫穷的年代里

我们有着更多的理解和爱

那时绿皮火车进站前

总是拉响汽笛，喷出白色的蒸汽

洗涤人间的灰尘

不像现在，只在无人的旷野上

发出忧伤的长鸣

（原载《诗林》2023 年第 6 期）

熄　灯

苏历铭

我是一个容易安眠的人

每天深夜，只要伸手关灯

迅速进入梦乡

偶尔失眠

必是纠结特别糟心的事

但我不会再去多想

不想深陷于任何死结

每次失眠，会想一些美好的风景

比如超凡脱俗的山水

山中一日，世上千年

想着想着，把自己想成

不食人间烟火的神仙

我知道我们的星球

一直在漆黑的宇宙里孤行

亿万年后，或将不留痕迹地毁灭

没有什么放不下

最微不足道的，恰恰是撕心裂肺的

爱恨情仇

熄灯是每晚最后一个动作

无需杂事重新上演

除了呼吸和脉动

就是等待下一个晨曦

已到还历之年

人世间不再有什么事

值得辗转反侧

（原载"现代诗公园公众号"2023 年 10 月）

妙不可言的时刻

邵纯生

太刺激了：铁铲炝锅的声音
冲击钻的声音，打嘴炮的声音
大雪一直不曾压住的咳嗽……
假如没有这么多嘈杂的交汇
真不知怎样挨过这个封门的冬天
窗外静得出奇，灰色天空
只剩下一枚鸟雀啄碎的红樱桃
微光透过云层发散成虚无
像灰尘吸附在混沌的物体上
一个人的中年恰逢命定的孤独
仿佛被急风抛向史前的荒野
灵魂陷入一段无依无靠的光阴
唯持续的噪音能抵顶寂寞
无比尖锐的炉火和烈酒
才配点燃受潮的灵感闪现
在这样一个妙不可言的时刻
我折断的翅膀再一次衔接起来
不急不缓，有节奏地摇动
像鼓槌敲击着两扇星空之门

（原载《芒种》2023 年第 1 期）

红围巾

桑 地

从出租屋出来

夜已深了。城郊的麦田

积满了雪,皑皑的

像我们刚刚经历的

短暂的迷失

我们一前一后地走着

有时踩在冰碴上

有时踩着沉默的麦苗

脚下发出咯吱咯吱

或哗啦哗啦的声响

在这段并不陌生的路上

我们却不知道要去哪里

要走到什么时候

天地间弥漫着斑驳的寒意

多像许多年后我的心情

那些年,因为年轻

我们不懂珍惜

因为无知我们又一次错过

那晚,你说过什么我已忘了

后来有没有再见也不再记起

只记得雪

记得昏暗中你的红围巾

淡淡地，若有似无地飘

(原载《诗刊》2023 年第 14 期)

春　夜
桑　地

春天的一个夜晚
我们从野外回家，走到汝水岸边时
天黑下来了。大地一片寂静
唯余天籁。暗蓝色的河水
迂回着，向山的另一边流去
渔人收起了网，推着铁制的小船
独自返回村里，农人扛着锄头
从下游的麦田慢慢走过来
说话声模模糊糊，如同他们的脸
几只红嘴蓝鹊拖着长长的尾羽
飞往林间，窸窣着，不再穿梭跳跃
我们并不说话，只是匆匆赶路
仿佛听得见思想的平原上喃喃的低语
这时，不知谁喊了一下
抬头看时，只见前面坡地上
一大片一大片的油菜花开了
清冽而富有生气，在涵澹的水声里
在轻吟的微风中，像穹顶的繁星

闪耀着，拦住了我们的脚步

（原载《诗刊》2023 年第 14 期）

没有潮汐的辽河
商　震

封冻的辽河不再涨落潮
河面和对岸都是洁白的雪

少年时这不足五百米宽的冰面
就是我们小伙伴的游乐场
现在河面上没有欢快的少年
只有等待少年的雪

我再也没有勇气踏上冰面
再也找不到少年时的欢乐
河对岸的一堆落满雪的石头
挤在一起像抱头痛哭的老翁

（原载《北方文学》2023 年第 5 期）

经　验

王　妃

天色未明。我躺在床上冥想——

窗外的玉兰花瓣在雨中凋落
蝌蚪游在变青蛙的池塘里

楼上的老太起床进入了厨房
上初中的孙女还在酣睡

我的酢浆草花瓣打着蕾丝卷边
今天是个好天，盛开应在八点以后

黄鹂啁啾，鸟语在枝条上弹动
万物婴儿一般醒来

万物用淳朴和天真的摇晃提醒我
世界又完成一次隐秘的改造

（原载《诗刊》2023 年第 18 期）

阳光下的母亲

王 晓

母亲坐在阳光下。
她在看我。
病重垂危的母亲。

我知道她在看我。
那时我二十来岁,但
并不知道,该做些什么。

我知道她在看我。
一个母亲看着自己的儿女,
这是多么稀松平常的
一件事——

我知道她在看我。
而我装作不知道。

三十年了。
我反复转过头去,
和她说话。
那里阳光耀眼,空无一人。

(原载"送信的人走了"微信公号 2023 年 8 月 10 日)

别　后

王　晖

我爱驯鹿
它不仅仅是只驯鹿
不过碰巧长成了鹿的模样

我爱小狗
它只是碰巧成了一只狗

我爱天空
它只是更高了，更蓝了

我爱大地
它让天空、驯鹿、小狗和你
与我相遇

我爱从未见过
又仿佛
在哪里见过的你

我们一定见过面
只是我们都忘记了久远的过去

（原载"新疆诗歌"微信公号 2023 年 6 月 19 日）

兔子的小鞋子

王　晖

兔子看见栅栏外的小孩
跑得比兔子还快

兔子扒在笼子里看见
推车的小贩学着它的姿势前行

暮色里，兔子看见有人兔子一样站着
似乎找不到家在何方

兔子看见锦衣夜行的高跟鞋
踩痛了大地的胸脯

兔子看见两个亲密的恋人
如同两只兔子夜半私语

兔子看见黑夜中的万家灯火
比天上的星宿明亮百倍

兔子敲起小鼓却踏不到地面
兔子从四面八方寻找世界的出口

兔子，是谁偷走了你的小鞋子

连同这世间所有的道路

（原载"新疆诗歌"微信公号 2023 年 6 月 19 日）

请原谅
王计兵

请原谅，这些呼啸的风

原谅我们的穿街过巷，见缝插针

就像原谅一道闪电

原谅天空闪光的伤口

请原谅，这些走失的秒针

原谅我们争分夺秒

就像原谅浩浩荡荡的蚂蚁

在大地的裂缝搬运着粮食和水

请原谅这些善于道歉的人吧

人一出生，骨头都是软的

像一块被母体烧红的铁

我们不是软骨头

我们只是带着母体最初的温度和柔韧

请原谅夜晚

伸手不见五指时仍有星星在闪耀

生活之重从不重于生命本身

（原载《草原》2023 年第 6 期）

七月初二：暑中忆

王志国

翻看日历，突然一惊

十一年光阴竟然过得如此之快

仿佛，刀锋闪过

曾经痛失母爱的悲痛哀伤，已悄然结痂

触摸不到任何痕迹

除了农历中的这一天

让我想起您……

和您每年都被遗忘的生辰

我很愧疚，从未为您准备过礼物

却牢记着那一年的夏日

您从木桶里舀起一瓢清水递给我

"我就是在背水路上生的……"

那时，您的年华似水，目光清澈

仿佛前生，看着来世

我尚年幼，不知生离转眼就会成死别

更不懂得一个人离开久了，空出来的地方

慢慢就会有沧桑来填满

那些从记忆中抽离的部分

那些从念想中逐渐清晰的影子

因为经历了悲欢

最终会获得泪水的原谅

(原载《草堂》诗刊 2023 年第 8 期)

萤火虫集市

王彤乐

那是怎样的夏夜？散落的光

在荷塘与石榴树上闪烁

萤火虫集市正热闹，你拉着我的手

穿过闹哄哄的人群，姐姐

我吃着你用两枚硬币换来的

脆皮油糕，香香甜甜

隔壁的婶婶在卖塑料凉鞋

与宽大的裙子，玩具狗狗在地上转圈

姐姐，你张开手心，一些光

轻飘飘就飞了出来。我多爱这样的时刻

我们把所有的玻璃瓶都扔到大海里

那些离去的人，从未远去

后来我在最温柔的风里，想念过

一些事情。想到那个夜晚

外婆在小院门口,被月色轻染

等我们回家。而我从此不再害怕黑夜

(原载《星星·诗歌原创》2023年第6期)

在这个孤寂的夜晚
王更登加

多么漫长的一段路程啊

一路走来

把太阳和月亮当成生活的左脚和右脚

把春风和秋风当成生活的左眼和右眼

献出了良知的黄金和仁慈的白银

左手一把寒霜

右手一把暖阳

心里噙满了伤口的鲜血和感恩的泪水……

是什么让我想起了这一切

在这个孤寂的夜晚?

在这个夜晚我还想道:

心灵的灯盏

不是随着生活的脚步一盏一盏地亮起

而是随着生活的脚步一盏一盏地熄灭

在身后淤积成了这无边的黑暗

（原载《飞天》2023 年第 4 期）

槐树本纪

吴少东

暮春时父亲下到门前的小河里

在齐腰深水中摸索

拴上麻绳，他要将

沉泡大半年的槐树起上来

用铁锹铲去湿黑的皮

再曝晒一夏

在给槐树拴上麻绳时

父亲与槐树一起沉在河底

他直起身，将绳头

准确甩给我，光身上岸

我们共同将其拽了上来

父亲与槐树都是湿漉的

秋风刚起时

在祖居屋砌有花台的院中

他与邻居的木匠用一把大锯

将槐树削成一片片木板

打成了两样物件

粉碎的气味撞击着花香

一是我们吃饭的方桌

一是祖母满意的棺椁

（原载《北京文学》2023年第4期）

通讯录

吴少东

二三十年来手机换了十多个

但一直没换号码

两千多人从三星倒到苹果

又倒到华为，几乎没有

删除任何人

我将一桶流水倒进另一桶

滴水不漏

有些人聚过走过就不联系了

有些人走过散过又联系了

走走停停，停停走走

二三十里者，一两百里者

皆有之，千万里者也有之

我都给他们留着门

方桌上的那壶酒还放在那里

几个朋友早逝多年

至今也不舍删除他们

我的手机里有华庭，有冷宫

也有坟墓

（原载"早上好读首诗"微信公号 2023 年 3 月 2 日）

只有最古老的陶罐才有如此安静的心
吴玉垒

你看，我们已不是第一次谈到大海

也不是第一次，面对大海了

这么多年，你还是不能相信

大海，她有一颗多么安静的心么？

哪怕，这安静里装着万千沉船

累累沉冤，自始至终的浩瀚、不朽

可我又怎能向你证明

那无数探求者、逃亡者和殉道者不死的亡魂

在暗黑中的寂寂遨游？

无论与风同狂，无论与雷共电

纵然硝烟滚滚，纵然大浪滔天

这不正是大海，之所以成为大海？

这来自远古的容器，早已盛满

太多互不相容的水：生者与死者的血

从前和现在的泪，以及你的

和我的梦，这难道不是源于

她有一颗亘古不变的心，在沉浸？

哦，在这最古老的陶罐里，是不是

你要装下所有不公、不堪、无常、无奈

可有、可无，才会相信

这永无止息的大海，到底有一颗

多么恒定的心，如此坦荡而沉寂？

（原载《幸存者诗刊》电子诗刊 2023 年第 1 期）

坛　子

巫　昂

我有一个痛苦的坛子

不会拿出来给你看

它紧紧地合着盖子

里面就像是空空如也

假如我向你比画着

痛苦的模样

约莫这么长，这么宽，这么高

你听完想必将陷入沉默

我有一个痛苦是关于你的

但我不会告诉你

你也曾不小心坐在那上面

压扁了它

但你并未察觉

也许，你也正装作

若无其事

（原载《广州文艺》2023 年第 8 期）

一只鸟在夜空叫了两声

苇青青

一只鸟在夜空叫了两声

它吱吱的叫声短促而弱小

稍一疏忽就会听不到

它的叫声像利爪刺进我耳膜

立时有一幅巨大的空旷覆盖一切

循着它的声音和方向寻找

它黑色的身影早已被夜色淹没

这开在夜幕上的灵芝啊

命运就这样迷茫和无着

（原载《诗选刊》2023年第1期）

致一只衰老的雨燕
武兆强

我还认得你

但你已不再是原先的那一只

羽毛不再幽蓝，嗓音不再清新

时间一点点把你偷换。秋

让位给春，泥巢中混有的唾液，风

无情风干；米糠和小虫

经常溜过微薄的视线，翅膀上的霜雪

一次次化为细密的雨并昭示春天

但，只是一次再平常不过的飞掠

翅膀的残破已赫然毕现

仿佛是在穿越时空的深谷

不幸被一片落叶划伤，又像被岁月拼接的闪电

击中，绽开一朵粘连骨架的灰痕

亲爱的天外来客——

我愿见证你的存在而拒绝见证你的衰老

见证你来自另一片天空

但无法见证那就是最初的你

（原载《山东文学》2023 年第 2 期）

雨　后

小　引

雨终于停了，爸爸

明月登场

雨后的邮局像栋新建筑

令人吃惊的过去

世界忽然变大了

分出了先后

我用粉笔在地上画个圈

燃烧的纸钱，被风吹散

灰烬上升

爸爸，你在天上眨眼了吗？

万物叮当作响

终将与你同步

雨参加了雨的葬礼

分开的乌云下

永恒的火星

还有墙角那簇新鲜的矢车菊

（原载"无限事"微信公号 2023 年 6 月 8 日）

年轻的画家
小　西

一个年轻的画家

穿粗布衣衫，吃简单的饭菜

只画工笔花鸟。

一丛兰花依着山石

两只雀鸟嘴里衔着白雪。

时间如墨，滴在细枝末节里

案头几方旧砚台

笔尖上停着半阕诗词

四五竿竹子，半掩着雕花木窗

因了这些，我突然觉得

生活似乎没那么沉重

春风正撼动着蝴蝶的翅膀

（原载《诗刊》2023 年第 4 期）

黄公望
小　西

他始终无法从山水中脱身
小舟比大船，更容易留白。
以及群山，看起来敦厚
却难以登顶。

还有年轻的亭台楼阁
画到最后，只剩下茅草的屋顶
却足以让一场路过的雪，暂时栖身。
他知世人多狭隘，所以下笔辽阔
将其一生诉诸笔墨
但并未说尽

从他仅存的几幅作品中
几乎看不到飞鸟的影子
也许在历经世间深寒之后
他早已将内心的惊弓之鸟
隐藏于这破旧的衣袍中了

（原载《诗刊》2023 年第 4 期）

问候生活

小城雪儿

当黑暗尚未撤离

当寂静笼罩着大地

当夏的脚步慢得令人屏住了呼吸

当每一天的每一刻都需要用心去经营

望着此时有些混沌的却已清晰的世界

我大声地说：你好啊，生活

是的，久违了，这些美好的感觉

像一只欢快的小兔子般

扑面而来

这些单纯的，简洁的，不必用心机去算计的日子啊

多么令人迷恋

即便连日的狂风骤雨又如何？

因为，唯有这些不必刻意去粉饰的

才值得用一生去珍惜

（原载《绿风》2023年第1期）

我将回忆

西 川

我将回忆那壮丽的落日

我将回忆你的手

怎样驱赶傍晚的蚊蝇

（那时你年幼无知，不懂得爱情）

我将回忆你乌发的悬垂

靠近岩石，我将回忆你

胸膛内的沉静、你的聪颖

第一颗星星出现了，远处

一阵歌声撞着那金箔的树叶

而这是你的歌声

从你窄小的胸膛里飞出

像一片光明跃出冥暗的水面

将那六点钟的光阴留住——

我将回忆你闭上的眼睛。

天空滑行着瘦鸟

你的歌声温暖着太阳

靠近山顶，我将回忆你额头上的

夕晖，我将回忆那壮丽的落日、你的侧影

（那时你年幼无知，不懂得爱情）

（原载"一见之地"微信公号2023年6月13日）

慢　板
秀　水

不再走远，不再割舍这一切

我爱的，爱我的

这是缓慢的行板

河滩之上，暮色缓慢

牛羊的归蹄缓慢

时光缓慢

童年的那只水罐还在

此前，它装过懵懂、叛逆、雨水

灼热、冰、火

此后，它将容纳安宁、月光、诗歌

苍凉，以及无尽的回忆

（原载《东昌府文艺》2023年第2期）

梦　境

秀　水

雨下得那么认真

母亲的蜜蜂牌缝纫机咔嗒咔嗒

针脚绵密，走得那么认真

雨下得那么认真

父亲的大手攥住我的小手

慢慢写下一撇，又写下一捺

方格纸上，一个人之初的人

站得那么认真

雨下得那么认真，耐心，均匀
低矮的瓦檐，黝黑的榆木水缸盖
鸡窝顶上的牛筋草
南墙根正在攀缘的牵牛花
连同我的童年
都被雨水洗亮了

（原载《绿风》2023年第4期）

纸　角
肖瑞淳

我从小就是这样，
在课堂上紧张不安时
会叠书页的角，
把平面折成立体，再压回平面
使其成为一个更锐利的角，
然后刺痛指腹，让自己以为
害怕的汗是因为疼痛而流。

后来我对一切纸片都有了依赖：
电影票，纸币或是机票，
我开始追求线条的对称和纸张的平整。

我像设计建筑一样严肃认真，
因为我逐渐深信，被我折过的
每一张纸都充满美和力量，
正是它们让我忘却了慌张。

而此刻，我在这座城市里的默默一角，
天幕笼罩，城市静得像一张空白的纸。
冥冥中，我感到有一双大手在折叠它，
仿佛在掩盖内心的恐惧。

（原载《星星·诗歌原创》2023 年第 9 期）

伟大的日子

徐　晓

为了昨日照耀过我的太阳
我必须饶恕你

为了在雨水中湿透的发肤
我必须永远铭记你

为了看似无比正确的错误
我必须对谬论守口如瓶

为了确证你的存在

我必须乘上绿皮火车去一座陌生的城市

为了不在旅途中一次次醒来
我必须在梦中长久地哭泣

在一个伟大的日子里
我将像整个世界一样迎向你、充满你

为了这迟迟没有到来的相遇

（原载《江南诗》2023 年第 2 期）

忏悔录
徐 源

一只蜻蜓，停在我肩上
我曾把童年的翅膀撕下，丢在抢食的鸡群中
长大后，成家立业，生儿育女
知理明事，我耻于那段残忍的岁月
它有阳光一样透明的翅膀，以安静的小憩
慰藉我羞愧的内心

我是多么地无耻，我曾欠世界一双翅膀

（原载《文学港》2023 年第 8 期）

半把剪刀

谢新政

失去了另一半

你就不叫剪刀了

我的父亲离开尘世后

母亲孤独地生活了多年

如果能回到一把剪刀多好

像春天的燕子翅膀张开

从田野飞过,有蜂鸟鸣唱

喜鹊登科,五线谱上蝌蚪游弋

一把剪刀,剪去夏天的愁绪

剪去袖口上多余的线头

剪去生活中那些永远

解不开的结。一块剩下的布

做成婴儿的襁褓

秋天来临,孩子们的笑

天空一样清澈

我看着这半把剪刀

沉默良久。一只受伤的鸟

在微光中抬起头来

(原载《散文诗世界》2023 年第 1 期)

西卡子村

薛 菲

西卡子村，紧挨一座沙漠
这里的人，是不是都有流沙的作息时间
疯狂，浪漫，无序，时有温柔

这里的女人们是不是都有
沙丘般的身体，迷人，柔软，是天生的
母亲和情人

不知道，此时，天空阴暗，我只看到
和别处无异的院落，街巷
贴着鲜红的对联，门窗紧闭，似乎处于
休憩期，不见有人进或出

不见有人，灰扑扑看着我
像一粒沙子对另一粒沙子
打声招呼，抬头，看看远处的天色

（原载《北方文学》2023 年第 6 期）

花事了

熊　曼

梅花开了，摘一把

插进瓶里

桃花开了，摘一把

插进瓶里。接下来

还有月季、栀子、桂花……

只要她愿意

春天就在这方寸之间

陪着她永不结束

直到某天

她看到两朵隐隐约约的小花

开在眼角，不再凋谢

心不由得一沉

明白某种不可抗拒的力

正在把什么推开

（原载《山西文学》2023 年第 1 期）

阶段性的

熊　曼

随时随地地敞开是一种美德

但也是不幸的开始

年轻时，我也拥有过

阶段性的甜美与天真

但终究浪费掉了

生活教会我们保留的艺术

真实有时并不意味着美

我阶段性地仰慕过你

在你完全袒露以前

（原载《诗刊》2023年第13期）

镜中的人

熊　焱

自照镜子时，我总想走进去

安慰一下那个鬓角霜白的人

那个独自抱紧孤独的人

世界日新月异，他还守着肉身的废墟

有时生活的谜底就隐藏在玻璃背面

正是镜中的人告诉了我，憔悴时

脸上是干涸的沼泽地

悲痛时，眼里是发红的钨丝

忧伤时眉宇间云山雾水，秋风翻卷如哭泣

我哀愁于镜中的人一日日老去
他哀愁于镜子是时间的磨刀石——
在那里，一把磨得雪亮的锋刃
正白茫茫地指着我的背脊

（原载《十月》2023 年第 4 期）

陶　器
尤克利

用不着阐释
我们都是普通的泥土
做成的人形
经历过一次大火的锻造
以为修成正果
其实更加易碎

好大的胃口，吞吐水
吞吐谷物，把旧时光
逐日翻新
人烟里，常常一面被盛满水
一面接受慢火的炙烤

我不知道这是煎熬

还是委以重任，只是

越是繁劳的时候

才不去想那些，破碎的事情

（原载《安徽文学》2023 年第 3 期）

我的小学

玉　珍

我听见牛在菜地偷甘蔗吃，风吹着面糊味的土
飞到学前班附近的木屋里。我们孩子中有个老大
带同学穿过田野，疯了似的朝尖叫的铃声狂奔
我站在河边，附近是芦苇和甘蔗，还有青色的
野麦叶软得像浪，总有黑瘦的小孩彷徨地坐着
被烦人的风吹着细头发
那时就有些小毛病
在地上蔓延成黑团伙，就像后来的古惑仔帮派
扭动在牛屎色天空下
只在那铁质的铃声中我们是一路人
在门口挤着，移动到座位
空气在背诵伟大的古诗句
手指比画着，算命一样算数学
我还记得用泡泡糖
放映了几块白云，它在我嘴上炸开

然后开始下雨，我在田字格中开始疯狂地想象

我的心大得能把我撑破，就因为一切太小了

放学后，我见过我忧愁的

父亲流眼泪。他对着黑暗的屋子祈祷

倒霉透顶的生活快结束，我没有感觉

或许是故意不去感觉

人有时为什么没法流泪呢

第多少回我忘记了，我小心地走出那间屋子

去井边喝了几口水，水实在太清了

我忍不住用手去打它

（原载"一见之地"微信公号 2023 年 8 月 18 日）

内部的风

玉　珍

我一走到楼下，就突然刮起了风

很长时间的风，吹在我身上

使我的头发凌乱，使我的手臂清凉

这真是简单而温柔的一幕

树枝晃动而我们在树下坐着

微风吹拂而我们说着往事

像是我一下来就开始刮风

像是从我坐在这儿开始风就开始吹拂

像是我的忧愁或某种安静带来的风

像是从我沉思开始自内部发出的风

风也曾这样吹着我的家人,那时我们在

门前的空地上吃饭

春天刚来,风中有辛夷花的香气

就像人的内部有时也酝酿一些风

一些香气

但我们没有察觉

(原载《特区文学》2023年第4期)

翻花绳
叶燕兰

后来,和我一起玩翻绳游戏的小伙伴

在单色毛线从一个

传到另一个手上的过程中,不见了

后来我手指一翻,生活的图案

就彻底地改变了

许多次在梦里,我想替哭泣的妈妈重新捡起

散落一地的,各种颜色缠绕的毛线球

我想剪下其中一个色彩的随便一截

取出她青春岁月里无怨无悔的一小段

打个死结。套上十根天真经验的指头

一个人翻仿佛永远不会结束的花绳

我想给她翻个降落伞

我想象那是一柄，真正的降落伞

当心中静默的风吹动，右手的大拇指和食指伸直

贴近，轻轻往下一勾

就能带我们一起真实降落。回到一种沉闷

而规则简单易懂的生活

（原载《福建文学》2023年第1期）

脑海中的葬礼

叶燕兰

在故乡的某个春天，我曾用一截枯枝

与油菜花编织成的花环

为一只死去的小鸟立了个

仿佛风雨一吹就不复存在的碑

那年我大约九岁，内心似有什么正在形成

像土壤表层开始微微松动

摸着躺在沥青路面刚失去体温的麻雀

突然想为这弱小生命举办一个葬礼

于是寻遍油菜花田找了一丛开得最好的

刨土、挖坑、填埋

十个指甲缝塞满湿黑的泥

春光晃得人眼眶发涩，我感到好像必须因此流泪

这场无声的告别才够完整、柔软

（原载《江南诗》2023 年第 4 期）

池　塘
衣米一

曾经我在一个水库的库堤上

与一个年轻男孩谈恋爱

或许是在一个池塘边

夜晚是确定的

在水边也是确定的

当一个手电筒的光晃过来

就要照到我们身体

一个严厉的男声传过来

问"你们在干什么"时

男孩大声答"我们在恋爱"

接着是，一片寂静

接着，他触碰着我的胸

还不满十九岁

还不懂用"夜色中的月色"

来隐喻喜爱的神秘之物

也不敢占有，否则

生活将会把我们带向哪里

（原载"一见之地"微信公号 2023 年 9 月 12 日）

贾科梅蒂

衣米一

第二次世界大战后

贾科梅蒂说

他创作的东西

都比他确信所见到的要小。

"我再也不能把人像

恢复到本来的大小了。"

极瘦长的人

极瘦长的狗

脂肪和肌肉都被拿走了

只剩下骨骼。

声音被拿走了，只剩下喉管。

（原载"一见之地"微信公号 2023 年 9 月 12 日）

豹子头林冲

闫海育

怒气对你来说

至少有五种写法

第一种，捏炸了拳头

却用瞪粗的目光去戳人

第二种，打砸不够爽快

持一把尖刀，守在

人家门口，扬言要杀人

第三种，踩着白灰

走进圈套，天大的委屈

都只能叫做憋屈

第四种，避讳林里行凶

就把草场铺作宣纸，"雪"已经

写好，独缺一个"耻"字

山神也在庙堂里响起掌声

第五种，被记录为斑鸠

抢占喜鹊窝，不值一提

本来还有第六种，高俅上山

可惜现场效果不佳，依然是

怒发顶掉了帽子，我只能

忍痛割爱，将其归回第一种

（原载《山西文学》2023 年第 6 期）

少年忆

阳　飚

这个年纪
喜欢颜色

绿发卡、红头绳
黑黑的火车头喷着白蒸汽

一鱼缸斑斓的热带鱼
扰乱了花猫的午睡

马路上新铺了沥青
踩上去一步一个脚印

喇叭花开，脚趾顶破了
母亲做的粗布鞋

糖纸上的米老鼠替我品尝着甜
烟盒上的哈德门是什么门

成群的鸽哨，天空自言自语
玩玻璃弹球的少年一个人孤零零

（原载《诗刊》2023 年第 3 期）

人生旅程

岳　西

我是一路站着过来的，妈妈

我很享受一个人那样站着

我是一路站着过来的，阎王爷

我看见的比他们都多

想的也比他们都多

他们全都有座

老老实实

最坏的也看不出他们坏过

我是一路站着过来的

咣里咣当这趟破车

把我心里那点不怕死的匹夫之勇

差一点点全晃了出来

（原载《当代·诗歌》试刊号第 1 期）

松针在落

杨　隐

松针在落

像这个下午表盘里

所有的秒针在落。

一个下午

在松针的坠落中逝去。

然后是一整个白天

一整个黑夜。

在林中

远近都是这样的松树,一个人

如果静止不动

看起来也就像一棵树。

这么多年

我早应该察觉,那些从身上

不断掉落的松针。

它们多么纤细,纤细到让你忘了

失去的,其实是一片片落叶。

它们带着所有光芒的记忆俯身向下

它们堆积起来足以将你掩埋。

(原载《扬子江诗刊》2023年第2期)

夜读书

杨不寒

这里有太多故事。绝望的爱

深山的灯盏。锈掉的剑

多少人穷极一生,在流水尽头

也没有找到生活的答案

每本书的封底,都是凉薄的墓碑

镇压着词语和意义的不甘心

夜色已深,我也合上了书

重新走进那些日复一日的梦

所有被尘封的魂灵,不被谅解的后悔

趁着人们睡去,才纷纷从书脊飞出

化作我床头的千纸鹤,越来越多

直到满屋子都是白色的声音

(原载"长江诗歌出版中心"微信公号 2023 年 8 月 16 日)

诗歌一样大的故乡

杨玉林

我想把故乡再写小一点

房屋那么小

烟柱那么小

院子那么小

门前的小树那么小

一条路那么小

路边晒太阳的七叔那么小

教室里坐着的几个孩子那么小

夜空中的月亮那么小

母亲等候的身影那么小

泪珠那么小

我只能把故乡往小里写

小到像一首诗一般大

这样就可以装进去

牛羊、耕地、庄稼、炊烟

热炕、山歌、社火、土庙

儿时的伙伴娟娟、芳芳、小军——

他们被一列火车带到了更遥远的地方

不能再把故乡写得更小了

再小就像一颗心一般大了

小小的故乡呵

有时候，让我在深夜

孤独、无助

伴随针尖一样大的阵阵隐痛

（原载《飞天》2023年第2期）

劈　柴

杨泽西

每到冬天来临之际

祖父都会在院子里劈柴

明亮的斧头砍在木头上

需要好几下才能把它劈成几段

他已经迷恋上了这种简单重复的劳作

只有在劳作中祖父才能感受和确定他自己

我庆幸祖父尚有力气劈开这些结实的木头

劈开的柴火用来烧火做饭，或者取暖

我的祖母常常在屋子里擦拭祭祀的香炉

曾经她跪在那里为住院的祖父祈祷

为贫困的生活和苦难的亲人们祈祷

或许我应该感谢这些虚构的神灵

尽管它并没有对祖母的祷告有所回应

但它让我的祖母一直怀有一份希望

有时活下去需要一些虚无的东西

它像一束光，在黑夜里牵引着你

我的写作，同样也是一种虚无

或者是对抗虚无的一种形式

沉默中反复抡起文字的斧头

向麻木的生活砍去

（原载《大象文艺周刊》2023 年第 60 期）

芦 花

杨柒柒

她们需要习惯，从一个村庄

飘落到另一个村庄

从一条河流汇入到另一条河流

还要习惯在黄昏时接受橘黄色夕光

和逐渐涌起的

来自生命右侧的秋风

习惯一个人

待在院子里或者房间里

把棉花垫子裹上双腿。黑暗会慢慢降临

她们也要习惯

将这些藏进眼睛，期待一个模糊

而又年轻的身形出现——

在刘庄，那些白色漂浮在河荡

年轻的姑娘们

需要从中穿过去寻找出自己的母亲

（原载《星星·诗歌原创》2023年第7期）

观　山

杨思兴

像厚厚的一封信件，写满

葳蕤的内容，从昨夜的远方寄来

挂在我黎明的落地窗前

寄信者为何人

信封上粘着彩霞新鲜的飘带

内容涉及的像旧事

天空若鱼肚，我仿佛回到最初的年少

那时，秋天的满山遍野

我花掉青春

提前买回青年

而今日黎明，站在窗口

突然在满山的秋色中

看见自己辜负过的，又被谁从远方寄来

（原载《飞天》2023 年第 7 期）

过老县城

杨晓芸

街道如退潮的河床

比过去宽大。几乎是方的

寂寞就是这形状，坚固

像衰老的身体内，永不妥协的脊椎

路遇老同学，旧同事

路遇可能的，另一个我

他们大都体态臃肿

一副跑不动的样子，仿佛体内的

齿轮卡住了增生的骨头。怎么动

都疼痛难忍

几年不见的表哥也体态臃肿

电器铺扩成了三家

我在主店与他闲聊，认识了他

衰老的丈母娘和学步的孩子

城关小学依然是这里最热闹的场所

孩子们从四面八方赶来

汇聚成新的集体

在操场交叉跑动。或一分为二

进行拔河游戏

我曾经是他们年轻的班主任

那时我有饱满的热情

对生命一知半解，现在也是

（原载"诗与画"微信公号 2023 年 8 月 20 日）

贺兰山手印岩画

杨森君

岩石上的手印
轮廓还在

我把自己的双手按了上去
刚好与我的手形对称

似乎这幅岩画
是以我的双手为原型
雕刻在岩石上的

可是这幅岩画太久远了
石头上的包浆也变成了石头

莫非前世
我生活在贺兰山上
假设事实如此，假设
我是一个转世的人

这双手印
就是上一世的我留下的
那时，是否占山为王
不确定
养鹰、放牧

应该是职责所在

那是一个自然主义时代
杀自己的羊炖肉
骑自己的马兜风
不用微信，不看快手，不刷抖音
没有房贷，更不知德尔塔病毒为何物

同行的人
都看见我看着岩画发呆
却不知道
我在想什么

在我离开岩画前
我又一次把双手
按在岩画的手印上

我突然感到
那双手
在用力推开我

（原载《飞天》2023 年第 1 期）

哎哟妈妈

杨碧薇

站也不对,坐也不对,万般作为都不对

从湿淋淋的梦里惊醒,他还贴着我的泳衣

两个人,靠在水上乐园的滑梯边,静止

晨起拨窗帘,满院子阳光晃如乱剑

新鲜的生活就在门外,扭开锁

谁知道谁会向谁扑来

哎哟妈妈,女孩子怎么可以

一次又一次犯糊涂

怎么可以坐上狂想的火车

看车窗外田野浩荡,细雪粉金,每一粒

都裹藏着春天的信息

哎哟妈妈,春光是个什么东西

让人热得头发里是汗,领口里是汗的

是个什么东西

(原载"杨碧薇 Brier"微信公号 2023 年 7 月 13 日)

立 春

杨碧薇

我的词去了哪儿?在

——漫长的庚子年;在庚子年,无边的冬天。

它们离开我，像伞离开蒲公英。

每一秒，我等待着，我未完成，想用空拳握紧

固执的金属手柄。

壮丽的词典啊，请给我一个声母吧！即便只是

无病呻吟，或恼人的雨雪。

可什么都没有，未冲印的胶卷已褪了色，

指尖的万古愁悄然罩上隐身衣。

万物静默，裹紧羊毛立领。

噢，这二十一世纪大都市将黑不黑的暮晚……

直到你从地铁那头出现，

吞吐寒潮也吞吐暖气，

穿过时光也穿过玻璃。

还是那熟悉的，青木瓜的晕轮；

纠缠的丝线再次，将林中湖染得深蓝。

你走来，交出你身上与我相同的部分，

擦去悲哀的灰尘，我看见

一枚琥珀在我们的行李箱里闪亮，宛若初生。

（原载"杨碧薇 Brier"微信公号 2023 年 2 月 4 日）

我想给你我生命的旖旎

余秀华

我想给你我生命的旖旎，又怕你要承担那些雷霆

但我还是觉得，这恰到好处的相遇

是花是果，是灰烬重塑的金身

是眼泪被擦干后蓝色的静谧

我想抱着你，又怕你触碰到我身体里的破碎

——那些为遇见你糟糕的练习

躺在你身边，我会是什么样子呢

——雨里的蔷薇纷纷落下，冰凉的芬芳

我想给你我最后的蜜，又怕你走后

那空了的罐子让我眩晕

我想邀请你就在我身边老去

在你茂密的头发里摘出属于我的白发

这些想法我多想现在就告诉你，又怕你感觉到

我已在这浓稠的爱里迷失了自己

我们忍着不见面

我们忍着这爱情在无望的日子上敲击的声音

（原载"余秀华"微信公号2023年6月10日）

我不知道如何爱你

余秀华

我不知道如何爱你，茉莉凋零在枝头

它们蜷缩的样子像拔完了身体里的刺

午后的阳光真好,像老虎吐出的呼啸

遇见你以后,我一块块拼凑自己

我想从碎瓷还原成瓷罐

我想那一黑一白的两条鱼回到我身上

雨停后,麻雀的翅膀里有蓝色的风声

你不会忘记那个血肉模糊的夜晚

你不会忘记满天星宿倒灌,鱼渴死在水里

你总是试图触碰那根刺,那道疤,那个图腾

有时候我把他放到你手里

让你鞭打我

我把哭泣都化成了笑声,化成了烈酒

当晚霞升起

我以为有一个未来在等

等你年暮,等你走不动路

等你看不清万物,看不清我

等我忘记了他,也忘记我怎样毫无保留地爱过

（原载"余秀华"微信公号 2023 年 7 月 15 日）

画猫的人

余洁玉

他画过很多只猫

纯白的，橘黄色的，灰白相间的……

但没有一只

存活在现实中

占据他的座椅、床铺、写字桌

在他下班的时候

跳上他的腿，占据他的膝盖

这多少有些遗憾。有一阵子，他被猫叫

吵醒了

他怀疑，是他画中的猫

成了精

当他跟我说起

关于猫的事，我竟然相信了

他的忧郁，也是一只等待在夜晚中的

黑色的猫

（原载《星星·诗歌原创》2023年第7期）

山坳人家的橘酒

鱼小玄

他说，我笑起来像蜜橘
秋天多么好，山下盆地稻谷黄熟
寒雨带来烟云，时间如瓦盆淘滤稻米

山路迢迢走八里十里
橘叶柑叶柚叶常绿，蜜橘熟得早
两三处小村子深藏坳中

我坐在他的背篓中
像一枝刚折树的蜜橘，浓浓橘绯色
枝叶挠他，揽住他，挨倚他

山民采蕈子，烘瓜晒豆
收了棉花缝袄子，酿几坛橘酒
等霜等雪落下来……

"冬天要来了吗？"
"听说山坳人家酿了橘酒？"

那年秋深时，双手呵气成冰
深山橘园寒雾霜霭，他摇晃着我
摇晃那坛橘酒，酒香清甜，瓦屋落下粒粒雪子

（原载《四川文学》2023年第1期）

水乡的晨早

鱼小玄

水乡是一块碧玉，摇桨的人
打磨它的棱角。蚕茧铺在竹匾里
玉兰花只未醒，还是昨夜的月白色

哗……笃笃……先来了小船
哗……笃笃……又来了大船

河面的驳船发出浑浊声响
河边的木楼，烧饭的老婆子
提了旧式煤炉，用咸菜炖河蚌

那时，他从北方来看我，我在清晨
醒来，水乡升起河雾，河雾如绸
布店的人家，一块块卸下门板

我的心，一块块卸下门板
此起彼伏的，喊卖声，吆喝声
一条街全都热闹了起来

卖桑葚的农妇，提篮拦住我
我像一片新鲜的桑叶，或者是小蚕
在他的茧子里，那么柔软，那么贪眠

（原载《浙江诗人》2023 年第 3 期）

双山岛

育 邦

我从长江南岸，去江中的双山岛
躲到乌桕的彩色帷幕后

夕阳点燃戴胜的王冠
薄暮为祈祷的江水献上棱镜

干涸河滩上，尘世的父亲
站在黑淤泥中，寻觅红色的蟛蜞

黑羊的眼眸在梦中明灭
忧伤的犄角直抵我的心窝

白色的空气里，醉酒的人
满岛奔跑，捕捉那只并不存在的猛虎

（原载《草原》2023年第8期）

月亮升起来了

殷 红

月亮升起来了
最后一只燕子回到了屋檐下

这是许多年前的事情，月光下
路上走着亲人，山上住着狐狸

那时父亲还在，刚刚挖回来一筐红薯
兄弟姐妹，围绕在露出纹理的八仙桌周围

那时一只萤火虫，照亮我们一晚上
那时的月亮和星星，就挂在窗边的枣树上

那时我们做游戏，都是真的
不像现在，许多真的都变成了游戏

（原载"中国诗歌网"微信公号2023年4月25日）

苦恶鸟

袁 磊

梁湖北咀村芦苇荡，牛背雨
从水杉林飘过来，又拐入小湖汊
风浪一浪高过一浪，拍打礁石、浅滩
和雨雾。我缩在芦苇荡边瑟瑟发抖
一只苦恶鸟趴在蔷薇丛，捂实那一窝
鸟蛋，盯着我，抖了抖脖颈
我摘下口罩，与苦恶鸟待在一起

雨越下越大，浪越拍越急

苦恶鸟一动不动，我也蹲在那里

直到雨滴挂上芦秆、蔷薇与发丝

雨帘升起后，苦恶鸟似乎从这个世界

消失了，我也快要忘了自己

直到一道惊雷在北咀村上空炸起

我似乎也长出了羽翼和喙

在这雨中的世界，守护着什么

（原载《人民文学》2023 年第 2 期）

九十六岁的祖母

榆　木

有时候，我会把你推在院子的屋檐下

有时候，我会把你推到院外的树荫下

有时候，我会轻轻地喊你几声

有时候，几只麻雀落在你的轮椅上

它们会替我轻轻地，喊你几声。我知道

未来的日子，只有它们能在泥土中把你叫醒

（原载《山西文学》2023 年第 8 期）

故乡的火塘

子　空

在我的家乡，很多人都是围着火塘长大
围着火塘变老，又围着火塘守灵
但总有一个秘密说不出口，被带进坟墓

恍惚中，其中一根柴变成了我的骨头
或者我的一根骨头，像其中一根柴火

人间最珍贵的珍贵，仿佛就在昨日
而从昨日到今夜的火塘，已是大半人生

原来世界上最大的秘密，就是自己发现了自己的真相
一些过往，在欢乐中被遗忘，在痛苦中被铭记

（原载《中国校园文学》2023年6月上旬刊）

给　你

左　右

在巴丹吉林，我捉到一首与你有关的诗
想让秋风邮寄给你

已经一个月没见面了，透过石头上的人形

我看见了你。它们和你的手心一样

透心冰凉，布满质感与棱角。我摸着阳光

却无力将你余存下的热量悉心收集

在沙漠行走了三天两夜，没什么可以阻止我去寻找

一个和你一样安谧的静物

就像黄昏落日，就像远逝的空瓶

悄悄吞下秋天

再悄悄吞下爱情的苦果

（原载《星火》2023 年第 1 期）

只要我们还有母亲

邹黎明

洁白的碗，让我们爱护

那样小心地把它捧在手里

里面是热腾腾的饭菜

有时是一碗清粥，我们对着它吹气

即使什么也不装，也是珍贵的

是母亲

从遥远的集市，将它们买来

一路上丁零当啷

仿佛顽皮的孩子

仿佛母亲，是它们的母亲

我愿意一直捧着，这样一只碗

装满了洁白

只要我们还有母亲

我们的碗，就不会空着

（原载《诗歌月刊》2023年第2期）

黑帐篷
扎西才让

孤零零的黑帐篷，在草地中央，不发出一点声音。
草色渐黄，远山染病，
一种难以言说的伤感，就浮上了心头。

黄昏时，会有小男孩陪着白色牛犊，从牧场那边走过来。
这时，他的目光将在山影那里逗留一会儿，
直到他的母亲掀开厚重的门帘，喊他吃饭。

他走进帐篷，他的耳朵却留在了帐篷外：
当摩托车的吼叫声远远地穿透暮色，
他那小小的心脏，就剧烈地跳动起来。

守望和期盼，让黑帐篷真正拥有了

家的感觉，即使很多时候，

那去了远方的粗糙男子，还未回来。

（原载《星星·诗歌原创》2023 年第 7 期）

母亲在梦中一直爱我

臧海英

母亲在梦中一直爱我。

梦中我始终是孩子

她也永远年轻。

生活在梦中得以继续。

母亲依然劳作

我们（现实中离散的一家人）

依旧围坐在一起吃饭

在幼年时的家里。

死亡没有造访这里

时间也拿它没办法。

母亲在梦中抚摸我额头

以确定我安好。

光照在身上

温暖让我确定是真的。

（原载《诗刊》2023年第3期）

德彪西:《月光》

庄晓明

王维说

明月松间照，清泉石上流

魏尔伦说

你的魂是片迷幻的风景

德彪西

你的月光

与它们相互注释

德彪西

你的月光

我儿时游戏过，沉醉过

现在忘却了

德彪西

你的月光里

有一架梯子

只能孤独地攀行

可我攀到梯子顶端
攀到半空
你的月光仍在高天
我犹豫着，是否纵身一跃

王维说
竹喧归浣女，莲动下渔舟
魏尔伦说
又使喷泉在白石丛深处
喷出丝丝欢乐的呜咽

德彪西
你的钢琴
将它们织入一个世界
一个霜色的世界

德彪西
霜色覆盖了时间
覆盖了你的疾病
德彪西
你爱着的海妖
可理解你的月光
而她就是明月

德彪西

霜色里

有几缕琴键的屐痕

是谁回来了

（原载《扬州晚报》2023 年 8 月 19 日）

梦境片段

朱山坡

父亲端坐在堂屋的门槛上

沉默寡言。我递给他刚取回来的成绩单

四周寂静，葵花开在墙角里

母亲已经三年不见身影

父亲说，她扮乞丐讨饭去了北方

但我还记得她的葬礼

简朴而哀伤，我们都哭得像猴子

父亲将成绩单还给我

说这些都不重要了

母亲也说过类似的话

我很伤感，因为他们都没目睹过

我怀揣成绩单狂奔回家的样子

（原载《山花》2023 年第 6 期）

东葛路偶遇

朱山坡

那一刹那,我有些惊喜
她的面庞,依然姣好
像不轻易被损坏的壁画
那光亮的眼神
一下翻开了沉睡多年的往事

我正要给她一个拥抱
才发现她的身后躲藏着一个孩子
他的爸爸,在马路的对面招手
像极一则活广告

彼时,东葛路刚刚下过一场雨
南方的雨,来得快,去得也快
经常是,一根烟的工夫
便经历了一场雨

(原载《山花》2023 年第 6 期)

臭椿树下的女人

朱庆和

女人歇息在臭椿树下

篮子里是带给孩子们的惊喜

丈夫崭新的解放鞋

用油纸包着，放在最下面

赶集回家的人们走在路上

有钱的满载而归

没钱的也去图个热闹

他们一路说笑

谁也没注意到臭椿树下

坐着一个女人

树上的"花大姐"

"突"地跳到了她身上

快点捉住它

给最小的孩子回家当媳妇

地下的父母

带给她的那块树荫

正慢慢地偏离

她短暂的欢愉的脸庞

就好比劳累和苦痛

重新占领她

（原载"英特迈往"微信公号 2023 年 5 月 14 日）

居 所

周 鱼

她想，一定要简单，真的不需要
太多东西。但要很用心。她先在桌上
摆上托盘，托着茶壶和两只朴素的
白色茶杯。摆上蜡烛，让它的火光
摇曳着，在属于它的每个时间里。
房间的语调开始慢慢低吟。
一把捡来的别人废弃的木椅。
墙角一只卡其色陶罐，有一些
粗糙的纹理，没有其他修饰。
一扇窗，她对它满意，不大也不小，
正对着书桌，她想不用对它进行任何改造，
不用加上防盗网，没有什么可怕的。
她允许一切随时被偷走，她也可能
下个月或明年就离开这里，而她
还是会用心布置，带着全然的
愉悦与热情，在每一个这样做的时间里，
她已经安稳地住着，在
一间内心的居所。

（原载《扬子江诗刊》2023年第3期）

邻 人

周 簌

此刻秋色那么好，曲水流觞那么好
树木枯黄，着了时间的信念之袍
门前的柿子熟了，但不采摘
任其在枝头枯落，鸟鸣是饥饿的
而豢养的孤独，像藤蔓一样生长

如果此生，还有一个愿望以求达成
我想做你的邻居，让一个日子掰成两个
庄重，寂静汹涌，从指缝缓慢流过
你的眼神里，有一潭幽静的湖水
深深的倦怠，洇出来

我们已厌倦了世故人情
只剩下薄凉却彼此依赖的生命
哪怕全世界的人不爱我，除了你
哪怕众人皆与我为敌，除了你

（原载《长江文艺》2023年第4期）

你没有看见过一颗野樱桃的悲伤

周小霞

在大青沟，没有比野樱桃结得更早的果子
那么细小的青，系住人间四月
那么细小的身骨，承受荒山野岭的风雨

樱桃树下，十一二岁的女孩目光怯怯。望向树枝
她的衣衫那么破旧
沉重的背篓已让腰板无法挺直

几步之外，旧藩篱围起的矮房屋等待修葺
孩童发出哇哇的呼唤。哭声
惊扰了枝叶间斑驳的秩序

在大青沟，没有比野樱桃熟得更早的果子了
不到五月，树上已结满那么多羞涩的少女

（原载《诗歌月刊》2023 年第 2 期）

在梵净山

周小霞

雨说来就来了。谁亲吻过的地方
我们驻足、观山、听雨……

雨大雨小都没关系,我的矮小
如同一块石头。这万籁俱寂的深山

我们谈起落叶,谈起松果
山中的植物缀满谜语

唯有一点不合时宜。那便是
刚刚心底生长出一句:我爱你

(原载《诗歌月刊》2023年第2期)

银簪子

张 侗

童年的月光下
一只萤火虫落在母亲头上
像发亮的银簪子
母亲说你爹没给我买过
你长大后要给我买
今晚的月光
照着病床上的母亲
银簪子插在满头白发中
像萤火虫不再发光

(原载"十行诗"微信公号2023年7月28日)

雨中塔尔寺

张 烨

从空中抽出无限思绪
洇湿四山，萦绕塔尔寺
灵迹闪动，梵塔群愈加洁白
在每双眼里肃穆和澄明

他们来自东西南北
他们与我之前所见的朝圣者不一样
心相祈福，还是满怀罪咎？我无从知晓
他们五体投地，趴出一汪汪水花
像鱼那样在浪中颠簸
朝向广大无量，朝向无色界

从自我走出来，我也学着
转钟、摸石头、点灯、莫名地绕圈
争盼活佛摸一摸前额
佛说：把沉重放下
把烦恼抛开

我一直在追寻某种意义
任何意义都伴随痛苦的过程
无异于勇敢的探险

混乱和欲望在世上蔓延

放纵嘲笑节制

污浊驱赶纯洁

这个世界倘若没有了敬畏与信仰

会是怎样？

远望塔尔寺

雨丝依旧。更粗放了些

塔尔寺，又增添了什么？

（原载"国际诗歌翻译研究中心"微信公号2023年8月6日）

卡祖笛

张　随

我能发出的微弱声响

本可以无限放大。但被它破坏了。

在放大我的嘶哑的同时

它也限制了想象的分贝。

这么说吧：在寒冬，大地含着石头

发出了声响

儿子说："最简单的乐器。成全

你懒惰又想要掌握一种乐器

的愿望。"大地本身就是乐器

但不是一种，也许比一万种还多。

在世上，还有更多的事物发出声音

它们和卡祖笛和大地和儿子和我

都是这世界所能发出的声音

的一部分……

（原载《山西文学》2023 年第 8 期）

描述一场暴雨

张　毅

夏日，天空像一个巨大的雨滴。

马车的出现没有触动天空的云层。

马蹄"哒哒"响着，我是说暴雨来了。

暴雨临近，大地露出不安的面孔。

风暴中心，草类在随风摇动。

一个男孩与马车对视着，

它们相逢于一场暴雨，然后消失。

雨使事物不经意间发生了改变。

瞬间，那棵树已不是同一棵树。

雨在黑暗中穿行，石头露出底色，

很远能听到母亲打破陶罐的声音。

尘土的气息穿过夏天。更早的下午，

华姐从乡下进城。她的手指带着青草气息。
时间、暴雨、无数个虚幻的夜晚
形成一个死结。她的死隐藏许多秘密。

夏天我乘火车去岛城。那间房子
有着阴冷的街景。不远处是教堂。
闪电、雷声、暗淡的光线，
如同希区柯克的电影画面。

我在雨中奔跑。往事迅速退去。
我在奔跑。在纸上。在梦里。
从一片乌云到一场暴雨，
让我不断陷入黑暗，并且愈加黑暗。

（原载《芒种》2023 年第 3 期）

一座老城

张　毅

老城有许多里院，二层民居、青砖红瓦。
这里户户相邻，房间狭窄，空间逼仄。
每座楼顶都有只猫，幽深的眼睛像在下雪。
门前有座码头，几条旧船
被乌黑的麻绳拴着，在水面晃晃悠悠。

老城有许多石阶，一直延伸到上世纪末。
那些建筑由欧洲设计师和中国工匠
共同完成。房子窗户幽暗，走廊狭窄，
有的房子在拆迁，有的一直空着。
一个老人在拆一封地址不详的信。
那个外乡人到处打听一个陌生人名。

大海明静，海风日日刮过我家楼顶。
一艘船泊在沙滩，我不知道它的来历。
渔人反复修补那张破网。另一艘船
正在启航，船上装满大雪和月光。

某日，我在沙滩捡到遗失多年的口琴，
它一直在平行宇宙中穿行。
口琴锈迹斑驳，仍能吹出风暴的声音。

（原载《草堂》2023年第7期）

独坐书

张二棍

明月高悬，一副举目无亲的样子
我把每一颗星星比喻成
缀在黑袍子上的补丁的时候，山下
村庄里的灯火越来越暗。他们劳作了

一整天，是该休息了

我背后的松林里

传出不知名的鸟叫。它们飞了一天

是该唱几句了。如果我继续

在山头上坐下去，养在山腰

帐篷里的狗，就该摸黑找上来了

想想，是该回去看看它了。它那么小

总是在黑暗中，冲着一切风吹草动

悲壮地，汪汪大叫。它还没有学会

平静。还没有学会，像我这样

看着，脚下的村庄慢慢变黑

心头，却有灯火渐暖

（原载《绿风》2023年第1期）

僻 壤

张二棍

依然有人自井取水，于炉火上

温酒。不求甚解的读书人

在白炽灯下，蹈手舞足

捧着粗瓷大碗的人，像捧起

一道圣旨。而黄昏中

砍柴归来的人，仿佛背着

一座光芒四射的金山。原野里

四散着热气腾腾的骡马，而庭院中

悠闲的鸡犬，昂首挺胸

这是一方僻壤，假如你路过此地

讨一碗水，就会得到一碗酒

你向谁，轻轻道一声谢

他就会红着脸

向你，深深鞠一个躬

（原载《草堂》2023年第8期）

见　君
张常美

这么大一轮月亮

作为见面礼

去投奔谁，应该也足够了

况且，光亮还携带着

一大片鸟语花香的领土

还有我一路积蓄的家眷、辎重……

就这样，我高高擎着它

缓慢而坚毅

哪怕遇到了应该遇见的人

也绝不会停下来

不去打招呼。我有一个目的地

我发过誓——

要把这轮月亮挂在

那位高士失明的窗户外

我会一边拍打着满身灰尘

一边假装轻松地说，只是个小玩意儿

（原载"诗探索"微信公号 2023 年 10 月 17 日）

料峭之夜

张小末

雨水连绵，樱花残旧

迅速从枝头跌落

日式小酒馆里

我们饮梅子酒，一杯加了冰块

另一杯保持常温

我们品尝火锅与刺身

感受着沸腾与冰冷

常常是如此。热闹、孤独、遗忘

是共存的质感

万物美而矛盾

当我把对生活的异见埋入身体

有时是因为热爱

有时是因为绝望

（原载《诗刊》2023 年第 16 期）

多像我

张光杰

窗外孤零零的银杏树

多像我，一个人守在父亲的病床前

秋风起，金黄的树叶随风飘零

多像我，扯下一页页揪心的日子

寒流滚滚，途经我们。满树的银杏叶子

大片大片落下，多像我

一次次在伤口上撒上盐巴

如今的银杏树，只剩下光秃秃的枝丫

在寒风中，一次次发出尖利的啸叫

多像我，在医院的走廊里晃动着

抓狂的身影。寒风仍在呼呼地

吹着，那棵无助的银杏树啊

多像我，已不屑与医生哗啦哗啦地争执

不屑与亲人沙沙地，沙沙地倾诉

此刻，它只想把撕心裂肺的痛

从满身的伤疤里，嚎出来

（原载《文学港》2023 年第 6 期）

我 爱

张光杰

我爱这样的清晨：晨曦在山顶乍现
从高处走来的一溜儿肩膀
仿佛是神的孩子。我也爱
春天的原野，与蝴蝶恋爱的少年
看到天堂，正从旷野的
荒凉里、尘埃中，一寸寸长出来
春风缭绕，从露珠深处归来的人
已找不到自己
我从春雨里走过，甚至爱上了
昨夜失恋的女孩，我知道
这爱里有救赎、自愈和重生的力量
亲爱的，爱情多么美好
当我们十指环扣、合十
我知道，菩萨也许并不在生活的高处
她就在我们彼此的身体里
——当我们拥抱在一起，菩萨
就回到了人间

（原载《三峡文学》2023 年第 10 期）

桐 花

张永伟

桐花开了，两个小孩
在路边打架，一个哭着走了。

我看桐花，
心却跟着他。
小时候体弱，和他差不多。

一边伤心，一边踢着
路边的小石头——等我长大了，
一定好好揍他。

有时候在睡梦里，
变成了秦叔宝，或关云长。

骑着马飞，虎面金身——
却忘记了仇家的面孔。

一边走，一边踢着小石头。
噢，这世界，想回到路边，
再哭一次。

（原载"中国诗歌网"微信公号 2023 年 5 月 15 日）

外祖母百岁

张巧慧

百岁转世，乘愿再来
外祖母离世二十一年

二十一年，我结婚、生子
拔下第一根白发
又拔下第二根

清明扫墓，跟女儿说旧事
说我幼时的淘气、贪吃与懒
说外祖母如何一扇一扇为我纳凉
这些细节

具体到没有诗意
具体到都是诗意

百岁转世。过今年，可供凭吊更少一处
我的来处更单薄一些
去处更清晰一点

墓前两株松柏，分外茂盛
风过时，它们微微摆动
那风，穿过童年而来

（原载"原乡诗刊"微信公号 2023 年 10 月 4 日）

手机里的菩萨

张执浩

从云冈石窟出来

手机里多出了很多尊菩萨

在去往雁门关的路上

我一路翻看着他们的情貌

痛苦被放大了

欢乐被缩小

菩萨啊,这么多的砂岩之躯

任由岁月涂抹

这么多的残肢

依然在行走、抚摸和讲述

而我独爱最小的那一窟

他像我小时候

不谙世事

以为哭泣就能得到所求

以为欢笑就能满足所有

(原载"无限事"微信公号 2023 年 1 月 20 日)

秋日登两髻山

张进步

人一旦与山相遇

人就想比山更高:

至少要高出一个人的高度。

好在我还没养成这样的臭毛病

我怕累:我慵懒、多汗,爱坐在树荫下发呆。

在两髻山,我边走边歇

路过山泉,摘了山枣,在腐草上

还遇到过两只用口水写作的

粉红色蛞蝓。

它们先后向我传递过如下消息:

"此山野性,神秘。"

字迹未消,一只青虫

就从我手中的山枣里爬了出来:

冲出了果壳,但没能冲出宇宙

能冲出宇宙的,或许只有山顶发电的风车

一轮一轮地,在虚空中画着光圈

众山众树众鸟众虫

都匍匐着

压低了声音。

(原载《扬子江诗刊》2023 年第 1 期)

花　冠

张作梗

多么无常!我早年敬献给

无常的花冠，现在竟戴在了我

自个儿的脑袋上

——这荆棘的花冠

我编它的时候曾扎破我的手

现在它像咒语一样

扎着我的头

然而锥心的疼痛是一样的

就像痛苦无须保养，永远新鲜如初

——我独自承接自我馈赠的命运

犹如享受着花冠沉重的击打

无常的命运。无常的冠冕

没有火，月光却时常在我身上自燃

而一只没有边界的鸟儿

将翅膀编成了笼子

不止一次，在导航精确的

指引下我丢失了目的地

现在，漫游成了我叩拜大地的唯一方式

我胯下的坐骑不叫马，叫时光

我信奉的烟火不叫生活

而叫无常

（原载《诗潮》2023 年第 5 期）

仅仅是记忆

张敏华

在砂石路的尽头
一扇虚掩的铁门,将尘世和墓园
隔开

鲜花枯萎,塑料藤凌乱
黑白,或彩色头像露出贪生的眼神
是逝者的绝望,还是
生者的无奈

转过身,或俯下身——
仅仅是记忆,是声音,是意识
会有那么一天
生死不再那么怜悯

(原载《飞天》2023 年第 7 期)

风在吹

张新泉

许多朝代都趴下了
尘世太脏,还得使劲吹
把众多纸做的泥做的冠冕吹破

送鳏夫寡妇入洞房

让不朽与永恒统统作废……

我含着的这缕风

是专门给箫和埙的

天低云暗时，替一些人和事

唏嘘，流泪

（原载"白夜录"微信公号 2023 年 2 月 12 日）

撕

张新泉

撕是一种暴力

对于纸，即使再温柔

也是

一生中，我们总要

毁掉一些纸

总会与一些纸张

势不两立

在碎纸机莅临之前

我们体面优雅的手

总在乐善好施

温情脉脉的背后

清醒地干掉

一些类似纸的东西

笔使纸张获罪

纸在无法解释的绝境

被撕得叫出声来

文字的五脏六腑

散落一地……

人对纸张行刑时

是一种比纸更脆弱的物体

纸屑会再度变成纸

再度与你相逢时

一些化不掉的字

保不准会活过来

咬你

（原载"白夜录"微信公号 2023 年 2 月 12 日）

钟楼广场

赵　琳

钟楼壁画上，一头成年雄鹿

折断鹿角，尊贵的头顶

飘着大雪，白桦林一点点

扑灭橘红色的夕阳

挖空树冠的风确信

安静是这样短暂：乌鸦归巢

黑影中的建筑仿佛回到从前

傍晚，马和毛驴返回乡村

屋子披上一层灰外衣，融化的雪

化为湿冷的水珠，滴答滴答

天空远没有大海颜色丰富

烟囱越过邻家界线，吐着烟圈

归乡人带回台风、数据、元宇宙……

那些涨潮的喧哗与返璞的落寞

像电影一幕幕演绎结束前

我们坐在钟楼广场不谈论熄灭的落日

（原载《草堂》2023 年第 6 期）

夜晚的河边

赵亚东

芸豆匍匐着

田间小路刚好容得下一个人

侧身走过

荒草滩缓缓升起

里面藏着生锈的独轮车

月亮的眼睑，和盐

此时不需要隐喻

我们忙着捡回枯树枝

雨燕不经意间收拢了翅膀

——在夜晚的河边

没有一束火焰照亮它们

（原载《诗刊》2023 年第 13 期）

梦中的马

赵亚东

总是梦见一匹在沙漠里奔跑的马

轰的一声倒在水井的近旁

有时它也出现在长满荒草的废墟里

四蹄无声地穿过坚硬的蒺藜

低下头把泥坑里积存的雨水喝干

我没有为它找到落脚的去处

无论是沙漠还是荒原。它只能不停地走

这让我无比羞愧。昨晚我又梦见它

驮着一袋霉烂的稻谷，缓缓走过

一片阴暗的树林的边缘

而此时的月光刚好照到它垂下的鬃毛

（原载《诗选刊》2023 年第 2 期）

割苇子

赵雪松

那一年深秋和父亲

去二百里外沾化洼割苇子

车辕下挂着摇摇晃晃的马灯

风吹着胡哨

黑夜广大无边

灯罩里那点蚕豆大的火苗

在颠簸里努力挺身

与广大黑夜对峙

我听见父亲"咕咚咕咚"地喝着

水壶里的凉水

那声音好大,在黑夜里传出很远

仿佛整个星空都很渴

关于那次割苇子的经历

我如今只记得那盏马灯里

摇晃不定的火苗

只记得父亲"咕咚咕咚"的喝水声

那么真实,如同我老去的父亲

回到壮年

(原载《青岛文学》2023年第4期)

夜空的伤疤

赵家鹏

要是小伙伴再用力一些

我可能就被推入

那年深冬的冰窟窿了。我原谅他

不是因为我还活着,而是在一场玩闹中

他让我提前预演了

提心吊胆的戏码。没人知道,如今正是我

一次次将自己推入寒冰,又一次次拽着自己的头发

将自己拧出水面

没人看出,我浑身滴水

走在地上。至于我拥抱过的月亮

从来是夜空的伤疤。但这么多年,它温柔地

照着,一个失魂落魄的人

(原载《中国校园文学》2023年1月上旬刊)

一块石头,一匹马

郑 春

我坐的这块石头

肯定还歇过很多人

清风不停来去

周围绿潮汹涌